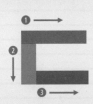

한국어 쉽게 배울 수 있다！

輕輕鬆鬆也能學好韓語！

發 行 人　　鄭俊琪

總 編 輯　　陳豫弘

技術總監　　李志純

出版統籌　　李尚竹

作　　者　　王蜜亞

責任編輯　　王曦淳

韓文編審　　崔峼潁（최호경）

韓文錄音　　金利修（김이수）、王蜜亞（왕미아）

美術編輯　　李海瑄

點讀製作　　林育如

出版發行　　希伯崙股份有限公司
　　　　　　105台北市松山區八德路3段32號12樓
　　　　　　電　　話：(02) 2578-7838
　　　　　　傳　　真：(02) 2578-5800
　　　　　　劃　　撥：1939-5400
　　　　　　電子郵件：Service@LiveABC.com

法律顧問　　朋博法律事務所

印　　刷　　禹利電子分色有限公司

出版日期　　2019年2月　初版一刷

韓粉不用背！ 韓語入門 80堂課

字母+發音+實用短句

LiveABC
英語數位學習第一品牌

目錄

四十音

單母音

複合母音

尾音／收音

發音規則

我心目中最佳的韓語字母發音書！

零基礎也能輕鬆上手——

幾年前我迷上了當時熱播的韓劇《原來是美男啊！（미남이시네요）》中的配樂，由 FT Island 主唱李洪基（이홍기）所演唱的《依然（여전히）》。當時我發現要唱好這首歌，不能只靠英文羅馬拼音，於是我便展開了我的韓語字母／發音的自學之旅。

開始決定自學韓語字母後，我上網搜尋當時最大的幾間網路書店，發現市面上符合我這樣初學者要求：輕鬆上手、設計美觀、明瞭易懂的字母／發音書籍寥寥無幾。因為找不到心目中最符合「零基礎也能輕鬆上手」的韓語自學參考書，於是我最後還是報名了韓語補習班，我自學韓語的雄心壯志也在那一刻完全熄滅。我從韓國結束學業歸國後，很榮幸有出書的邀約，因此先與韓國朋友合著了一本韓語旅遊會話書。隨後我想想，既然都出了一本旅遊會話書了，那何不滿足一下幾年前自己的心願，出一本「零基礎也能輕鬆上手」的字母發音書？既然當年身為初學者的我無緣見到心目中的理想，那麼這次就讓學成歸國的我和出版團隊一起合作，出一本最符合初學者需求：「零基礎也能沒壓力輕鬆上手」的自學韓語字母發音書吧！

本書為了方便初學者作為自學工具書使用，從四十音的母音篇、子音篇、到韓語拼音篇以及實用短句篇，讓初學者可以循序漸進，由淺至深地慢慢認識韓語字母、熟悉韓語字母和發音、強化對拼音的認識，並了解發音變化，最後實際運用所學的發音知識，開口說出道地韓語。有別於市面上一般的韓語字母／發音書，編輯團隊和我替初學者規劃了回合式學習。簡單明瞭的圖文說明，加上大量實用單字為範例，最後邊聽音檔邊練習字母書寫，順便學習單字。自學韓語變得更輕鬆簡單了！希望本書能讓所有自學的初學者，都在學習韓語字母和發音的過程受益！

왕미아 諺亞♥

讓你打下穩固的韓語基礎實力！
一本好的字母發音書——

多年來，我一直在台灣深耕韓語教學這塊領域，在大學的韓語系擔任老師的同時，也和志同道合的韓語教學者開辦了韓國語教育中心，希望能提升台灣的韓語學習環境、打造有系統的韓語學習方式，讓台灣的「韓語學習」生活化、在地化。

在多年的教學過程中，我發現台灣的韓語學習者在初學韓語時最容易遇到的困難不外乎就是「發音」與「文法」。這是因為韓語在音節結構上與中文有相當大的差異。即中文採聲母與韻母的二分式發音法，而韓語則以初聲、中聲和終聲三分法拼成的音節組字。而且許多韓語單字的發音隨著前後音節的相互影響，其音值也產生各種的變化。所以很多台灣學習者一開始學韓語時需要花較多的時間和努力，才能學好韓語發音。也因此好的發音書籍／教材和課程都是韓語初學者在學習字母和發音時不可或缺的一環。這本發音書讓我印象深刻的是，內容上避開發音原理及理論的繁瑣說明，盡量以平易近人的方式，搭配初學者在學習過程中容易在韓國媒體上，或與韓國人交談時會接觸到的生活口語單字或句子，也考慮到初學者容易因不熟悉韓國會話禮儀而失禮，因此必要時都會介紹書中單字／句子在何種場合才可使用。書中也收錄了初學者需要知道的音韻變化，書本裡處處看得到我昔日學生，也是本書作者的蜜亞在學習韓語的過程中曾思考如何兼顧學習跟學習樂趣的用心。

看到當初認真苦學韓語字母的學生，經過數年努力後，為了台灣的初學者，將自己學習韓語字母和發音的理解撰寫成書，身為老師的我倍感欣慰!這本精心設計的回合式字母發音書，讓市面上再增添一本介紹韓語與韓國的資料，我亦感到十分開心，也因此希望這本書能對初學者在打下發音基礎上有很大的幫助及貢獻!

現任：

世宗韓語文化苑
副院長兼教學主任

國立政治大學
韓國語文學系兼任講師

國立師範大學
通識教育中心兼任講師

崔峼穎 (최호경) 老師

韓語發音自學計劃

只要善用學習計劃，每天按部就班花 10-15 分鐘，1.5 個月內就可以輕鬆熟記 80 回合韓語字母＋發音＋短句課的內容囉！韓語實力馬上 Up！Up！

章節	四十音	字母拼音
章節內容	第1-4回 單母音 第5-8回 複合母音 第9-14回 子音	第15-17回 基本拼音 第18-24回 尾／收音 第25-30回 發音規則
學習規劃	**3段式學習規劃** (10分鐘)：**1天1回合** ❶ 先以2分鐘的時間閱讀每一回的文字／圖示說明及小提醒，熟悉發音要訣和關鍵。 ❷ 再花2分鐘的時間練習字母筆順。 ❸ 最後花6分鐘的時間先閱讀有趣且重要的流行短語／單字說明，一邊跟著錄音檔讀出字母與流行短語／實用單字一邊進行拼寫練習。	**3段式學習規劃** (10分鐘)：**1天1回合** ❶ 先以2分鐘來閱讀每一回的文字／圖示說明及小提醒，熟悉連讀時的發音規則和讀音變化。 ❷ 再花5分鐘的時間先聽流行短語／實用單字的發音範例，再跟著錄音檔讀出字母與流行短語／實用單字。 ❸ 最後花3分鐘的時間先閱讀完重要的流行短語／單字說明，一邊進行拼寫練習。
你可以學會	☑ 八個單母音、十三個複合母音與二十一個子音的字母筆畫與發音 ☑ 單母音、複合母音和子音相關的實用短語或單字	☑ 沒尾音／有尾音音節的字母組合拼寫和讀法 ☑ 單／雙尾音音節的拼寫和讀法 ☑ 韓語基本連音規則 ☑ 韓語音韻變化

實用短句

3 段式學習規劃 (3 分鐘)：
1 天 **5** 回合 共 **15** 分鐘

❶ 先以 0.5 分鐘的時間反覆聽道地韓腔的短句音檔三遍。再花 0.5 分鐘感受韓語字母組合的音節，在連音後產生何種變化（可以翻閱前一章的音韻變化回合作為參考）。

❷ 再花 1 分鐘閱讀短句小提示的重點文字說明，了解短句的運用方式與時機。

❸ 最後花 1 分鐘的時間一邊聽短句音檔，一邊進行拼寫練習。

☑ 韓語日常生活實用短句
☑ 韓語的口說禮儀

第一部份四十音、第二部份字母拼音、第三部份實用短句的規劃大致相同。都是從說明開始，再以音檔搭配字母或單字／短句發音練習範例，最後則是一邊聽音檔一邊練習字母的筆順或單字／短句拼寫。

韓語簡介

以閱讀故事的方式，用輕鬆的方式認識韓語字母的創立原理。先認識韓語字母拼音的核心：母音，再認識韓語子音字母。從韓語字母創建的原理，對韓語子音、母音字母有完整的系統性理解，加速個別字母的學習。

四十音篇

發音要訣和關鍵的說明及小提醒。

動手寫寫看
利用手寫練習，完整學會字母拼寫。

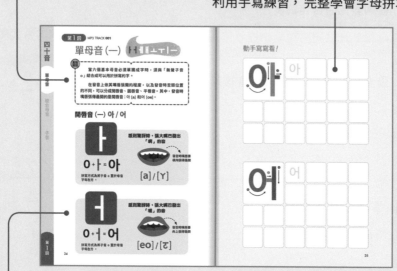

筆順／字型＆發音圖解撇步
可以深化對字母發音和筆劃記憶的圖解與口訣撇步。

拼音訣竅的說明及小提醒。

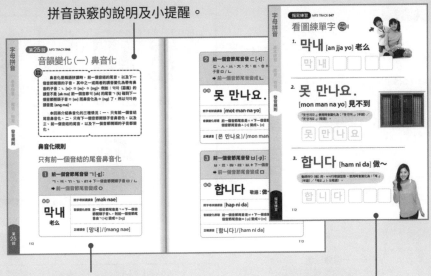

單字／短句發音範例
可以一邊練習聽力，一邊利用口訣歸納，再次深化對發音規則的記憶。

看圖練單字
進行拼寫練習，深化韓語聽、讀和拼寫的能力。

實用短句篇

閱讀小提示的重點文字說明，了解短句的運用方式與時機。

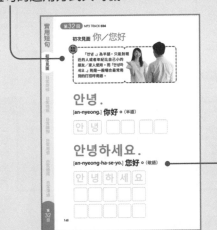

總共分為七大主題：初次見面、日常問候、日常禮貌、日常購物、日常用餐、日常通訊、日常溝通。融會貫通韓語字母、發音規則與變化，以及實用口語。可以依照情境需求，學習生活中常見的實用句型，順便複習前面字母和拼音篇的內容。

短句聽力＆拼寫練習
進行拼寫練習，深化韓語聽、說和拼寫的能力。

點讀筆 使用功能介紹

認識點讀筆

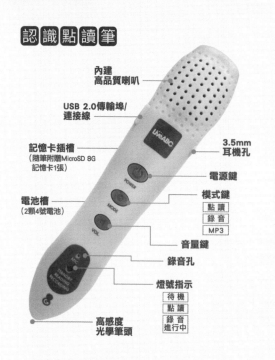

- 內建高品質喇叭
- USB 2.0傳輸埠/連接線
- 記憶卡插槽（隨筆附贈MicroSD 8G 記憶卡1張）
- 電池槽（2顆4號電池）
- 3.5mm 耳機孔
- 電源鍵
- 模式鍵
  - 點讀
  - 錄音
  - MP3
- 音量鍵
- 錄音孔
- 燈號指示
  - 待機
  - 點讀
  - 錄音進行中
- 高感度光學筆頭

四大功能

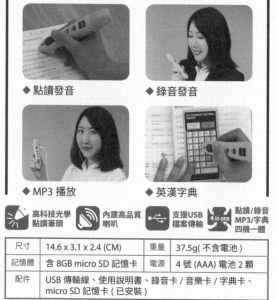

- ◆ 點讀發音
- ◆ 錄音發音
- ◆ MP3 播放
- ◆ 英漢字典

高科技光學點讀筆頭　　內建高品質喇叭　　支援USB檔案傳輸　　點讀/錄音 MP3/字典 四機一體

尺寸	14.6 x 3.1 x 2.4 (CM)	重量	37.5g(不含電池)
記憶體	含 8GB micro SD 記憶卡	電源	4 號 (AAA) 電池 2 顆
配件	USB 傳輸線、使用說明書、錄音卡 / 音樂卡 / 字典卡、micro SD 記憶卡 (已安裝)		

安裝點讀音檔

使用前請先確認 LiveABC 點讀筆是否已完成音檔安裝

Step1 將點讀筆接上 USB 傳輸線並插入電腦連接埠。

Step2 開啟點讀筆資料夾後，點選進入到「Book」的資料夾。

Step3 確認本書音檔 (書 名 .ECM) 是否已存在於資料夾內。

若尚未安裝音檔，請完成以下步驟後方能使用點讀功能

Step1 開啟光碟，並用 USB 傳輸線連接電腦和點讀筆，會出現「光碟」和「LiveABC 點讀筆」資料夾。

Step2 開啟光碟裡「點讀筆音檔」的資料夾，點選本書點讀音檔 (.ECM) 並複製。

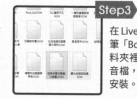

Step3 在 LiveABC 點讀筆「Book」的資料夾裡貼上點讀音檔，即可完成安裝。

◆ 若光碟遺失或無法使用，請上 LiveABC 官網下載點讀音檔。

開始使用點讀筆

Step1

1. 將 LiveABC 光學筆頭指向本書封面圖示。
2. 聽到「Here We Go!」語音後即完成連結。

Step2 開始使用書中的點讀功能

點 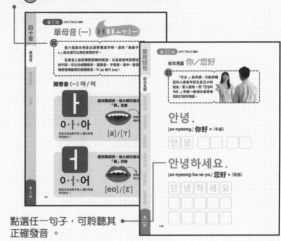 圖示，即播放字母或單字的發音。

點選任一句子，可聆聽其正確發音。

搭配功能卡片使用

錄音功能 請搭配錄音卡使用

模式切換：點選 RECORD & PLAY 錄音卡 ，聽到「Recording Mode」表示已切換至錄音模式。

開始錄音：點選 ⊙，聽到「Start Recording」開始錄音。

停止錄音：點選 ⏸，聽到「Stop Recording」停止錄音。

播放錄音：點選 ▶，播放最近一次之錄音。

刪除錄音：刪除最近一次錄音內容，請點選 🗑。(錄音檔存於資料夾「\recording\meeting\」)

MP3 功能 請搭配音樂卡使用

模式切換：點選 MUSIC PLAYER 音樂卡 ，並聽到「MP3 Mode」表示已切換至 MP3 模式。

開始播放：點選 ▶，開始播放 MP3 音檔。

新增 / 刪除：請至點讀筆資料夾位置「\music\」新增、刪除 MP3 音檔。

英漢字典功能 請搭配字典功能版使用

模式切換：點選 Dictionary On ，聽到「Dictionary on」表示已切換至字典模式。

單字查詢：依序點選單字拼字，完成後按 Enter↵ ，即朗讀字彙的英語發音和中文語意。

關閉功能：使用完畢點選 Dictionary Off ，即可回到點讀模式。

更多點讀筆使用說明
請掃描 QRcode

韓語介紹

韓國圈圈字的誕生　字母的由來

在朝鮮時代及之前的韓國，雖然韓國人民普遍以韓語為口語，但書信來往及交流的文字，卻是與韓語沒有太大關聯的中國漢字。在當時有能力學習漢字的人，大多是貴族（所謂兩班），平凡老百姓是沒有能力、也沒有資格學習私塾教授的「貴族」文字—漢字。

但是，平日生活人與人交往還是需要溝通對話，所以李氏朝鮮時代的世宗大王（세종대왕, 1397-1450）就決定創立一套專屬韓語的文字系統—「韓字」（한글），古稱「諺文」即使面對諸多反對，世宗仍堅持創制與口語相符的文字，終於在 1443 年他召集了集賢殿的鄭麟趾（정인지, 1396-1478）等學士，根據朝鮮語的音韻結構，並參考中國音韻學，編纂解說韓文的文字系統解例本。三年後正式向全國人民頒佈這套語言系統，在當時被稱之「諺文」，而官方頒佈的正式名稱為《訓民正音》。

有些韓國學者認為，韓文字母（한글）能在這麼短的時間內創造出來，極為不可思議。因此，論及韓文字母起源的說法眾說紛紜。最受到目前韓國大眾和主流歷史學家認可的是以下的論點。在原初設計「訓民正音」時，世宗大王其實是想模仿中國「六書」（象形、形聲、指事、會意、轉注、假借），創造一種韓國象形文字。這個論點主要的依據為《訓民正音》·〔解例篇〕：「正音二十八字，各象其形而制之。」也就是「韓文訓民正音的二十八個字母，是描繪人體發音器官之型態而創制」。

根據《DISCOVERY》1994 年 6 月版的報導，「韓文是最科學的書寫系統」。因為現代韓文的基本字母，已縮減為二十四個字母。用很少的拼音字母，就能拼寫一套完整、複雜的語系，所以被許多語言學家譽為最科學的語言之一。

字母（한글）的前世今生

朝鮮時代的訓民正音和現今的韓國字母已經有了很大的差別。

其中最大的差異，就是最初期的二十八個基礎標音韓文字母，因韓語發音系統的變化，導致現在有四個字母消失不見。於是，今天大家所看到的韓文只剩下二十四個字母。底下為當時的文字以及之後消失的標音符號（以紅色標示出）。現代剩餘的二十四個基礎字母相互組合，構成了今天韓國語字母。

母音部份

· ㅏ ㅑ ㅓ ㅕ ㅗ ㅛ ㅜ ㅠ ㅡ ㅣ

子音部份

ㄱ ㄴ ㄷ ㄹ ㅁ ㅂ ㅅ ㅇ ㅈ ㅊ
ㅋ ㅌ ㅍ ㅎ ㅿ ㆁ ㆆ

韓語母音字母

天、地、人在中國易傳中，稱為三才，均源於太極本體，所以古人認為天、地、人同體相關彼此影響。人在宇宙創造變化中，可與天地並立，是為天人合一。

崇尚中國儒家經典與太極陰陽理論的世宗大王和朝鮮士大夫將韓語的母音字母，以象徵天、地與人的符號─「·」、「一」和「丨」拼寫，表現朝鮮時代韓國「天地人與太極同體」的「天人合一」宇宙觀。最初創制的六個基礎母音（ㅏ、ㅓ、ㅗ、ㅜ、ㅡ、ㅣ），隨後衍生出更多母音組合變化，以及較複雜的複合母音。目前韓語共有二十一個母音。

由天 、地 、人的符號組合而成

「·」一點　代表太陽，象徵「天」(已在語言變遷中消失)

「一」一橫　象徵「地」

「丨」一豎　象徵「人」

單母音以及複合母音

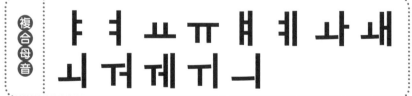

1 單母音

單母音	讀 / 發音	單母音	讀 / 發音
ㅏ	[a]	ㅜ	[u]
ㅓ	[eo]	ㅡ	[eu]
ㅗ	[o]	ㅣ	[i]
ㅐ	[ae]	ㅔ	[e]

2 複合母音

複合母音	讀 / 發音	複合母音	讀 / 發音
ㅑ	[ya]	ㅙ	[wae]
ㅕ	[yeo]	ㅞ	[we]
ㅛ	[yo]	ㅘ	[wa]
ㅠ	[yu]	ㅝ	[wo]
ㅒ	[yae]	ㅟ	[wi]
ㅖ	[ye]	ㅢ	[ui/i/e]
ㅚ	[oe]		

韓語子音字母

韓語目前共有十九個子音。其中十四個子音字母都是由五個最原始的基本子音：「ㄱ、ㄴ、ㅁ、ㅅ、ㅇ」衍生。而這五個基本子音的字母形狀則是描繪氣流通過發音器官（舌頭／嘴唇／喉嚨），或發音時發音器官呈現的形狀而創造出來的。例如，基本子音「ㄱ」就是描繪發音時舌根輕輕抵住軟顎的形狀。

基本子音、氣音以及硬音

五個基本子音	ㄱ ㄴ ㅁ ㅅ ㅇ
衍生基本子音	ㄷ ㄹ ㅂ ㅈ
氣音　發音時有大量氣流快速通過	ㅊ ㅋ ㅌ ㅍ ㅎ
硬音　發音幾乎無氣流通過	ㄲ ㄸ ㅃ ㅆ ㅉ

1 字母名稱

字母	ㄴ	ㄹ	ㅁ	ㅇ	ㅎ
名稱	니은	리을	미음	이응	히읗
字母	ㄱ	ㄷ	ㅈ	ㅂ	ㅅ
名稱	기역	디귿	지읒	비읍	시옷
字母	ㅋ	ㅌ	ㅊ	ㅍ	
名稱	키읔	티읕	치읓	피읖	
字母	ㄲ	ㄸ	ㅉ	ㅃ	ㅆ
名稱	쌍기역	쌍디귿	쌍지읒	쌍비읍	쌍시옷

2 字母發音

字母	ㄴ	ㄹ	ㅁ	ㅇ	ㅎ
發音	[n]	[l/r]	[m]	[ng/無聲]	[h]
發音	ㄱ	ㄷ	ㅈ	ㅂ	ㅅ
發音	[k/g]	[t/d]	[j]	[p/b]	[s]
字母	ㅋ	ㅌ	ㅊ	ㅍ	
發音	[k]	[t]	[ch]	[p]	
字母	ㄲ	ㄸ	ㅉ	ㅃ	ㅆ
發音	[kk]	[tt]	[jj]	[pp]	[ss]

노트

四十音

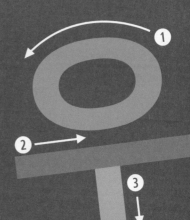

第1回 MP3 TRACK 01

單母音（一）

> **重點解說**
>
> 　　當六個基本母音呈現於一個音節字時，須與「無聲子音 ㅇ」（零聲母）結合成可以用於拼寫的字。
>
> 　　在發音上依其嘴唇張開的程度，以及發音時舌頭位置的不同，可以分成平唇音、圓唇音。母音아與어屬於平唇音。

平唇音（一）아 / 어

ㅇ + ㅏ = 아

拼寫方式為將零聲母 ㅇ 置於母音字母左方。

感到驚訝時，張大嘴巴發出「啊」的音

發音時嘴唇要橫向張得最開

[a] / [ㄚ]

ㅇ + ㅓ = 어

拼寫方式為將零聲母 ㅇ 置於母音字母左方。

感到驚訝時，張嘴發出「喔」的音

發音時嘴唇稍微縮的比發아音時小，大概是可以含住一個大拇指的程度

[ㄹ] / [eo]

24

動手寫寫看！

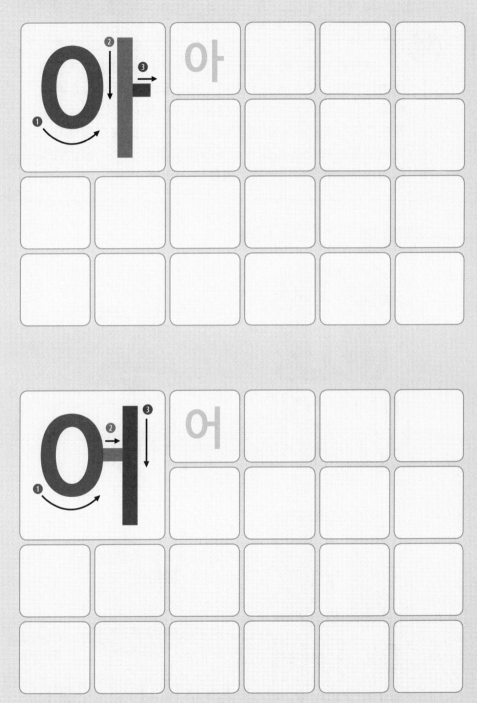

單母音（二）

> **重點解說**
>
> 　　平唇音（一）的아／어跟（二）的애／에發音時嘴唇張開的程度分別是一致的，即아、애是全開，어、에是稍微縮開；아／어的舌頭位置在口腔後方，而애／에的舌頭位置在口腔前（舌尖貼碰觸到下排牙齒）。如此애在發音時嘴唇會張得比에大，但兩者發音聽起來差別不大，因此現代韓國人將這兩個音統一認定為發一樣的 [e]。

平唇音（二）애／에

어 + ㅣ = 에

拼寫方式為將零聲母 ㅇ 置於母音字母左方。

어再多一豎ㅣ變成 [e]，
輕聲發 [せ]

發音時嘴唇
張大

[e] / [せ]

아 + ㅣ = 애

拼寫方式為將零聲母 ㅇ 置於母音字母左方。

아再多一豎ㅣ變成 [e]，
輕聲發 [せ]

發音時嘴唇
微微張開

[ae] ⟶ [e] / [せ]

動手寫寫看！

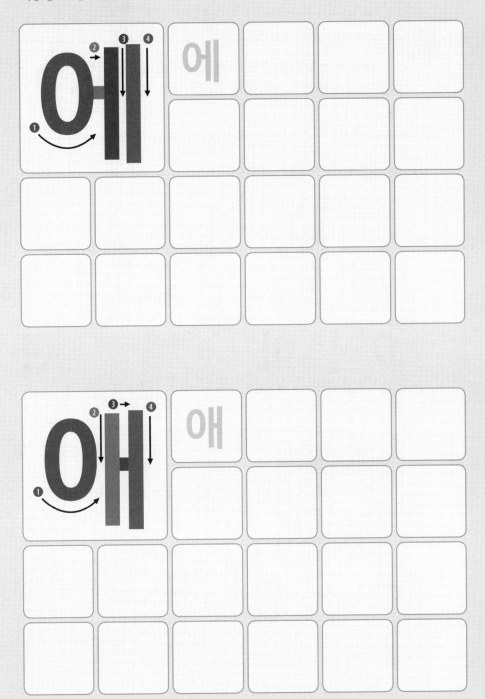

에

애

單母音（三）

在發音上依其嘴唇張開的程度，可以分成平唇音、圓唇音。發音時嘴唇微微扁形張開咧齒的平唇音：이 [i] 和으 [eu]。

平唇音（三）이 / 으

感到噁心時，嘴唇微微張開咧齒，發出「咿」的音

發音時嘴唇扁形張開，舌尖碰觸到下排牙齒

ㅇ + ㅣ = 이

拼寫方式為將零聲母 ㅇ 置於母音字母左方。

$[i] / [ㅡ]$

感到噁心時，嘴唇微微張開咧齒，發出「噁」的音

發音時嘴唇扁形張開，舌尖從下排牙齒稍微往後移開

ㅇ + ㅡ = 으

拼寫方式為將零聲母 ㅇ 置於母音字母上方。

$[eu] / [ㄜㅡ]$

動手寫寫看!

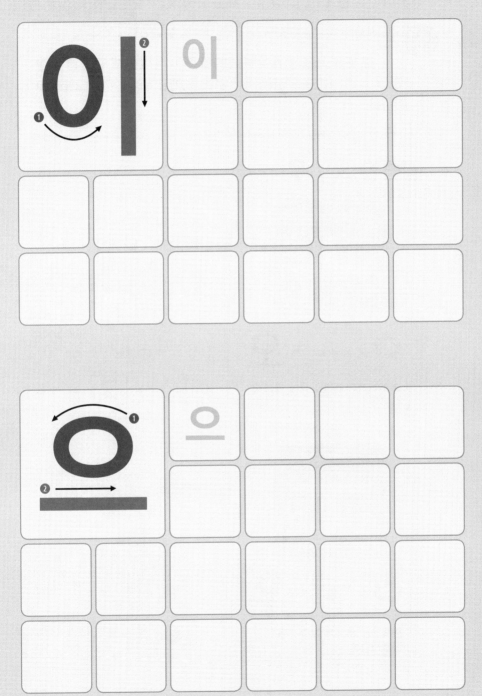

單母音(四) ㅏㅓㅔㅐㅣㅡㅗㅜ

重點解說

在發音上依其嘴唇張開的程度，可以分成平唇音、圓唇音。這一組是發音時嘴唇嘟起呈圓形的圓唇音：오 [o] 和 우 [u]。

圓唇音 오 / 우

ㅗ

感到委屈時，嘟起嘴巴發出「歐」的音

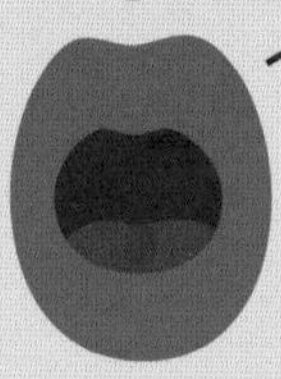

發音時嘴唇張開呈圓形

ㅇ + ㅗ = 오

拼寫方式為將零聲母 o 置於母音字母上方 。

[o] / [ㄡ]

ㅜ

感到委屈時，嘟起嘴巴發出「嗚」的音

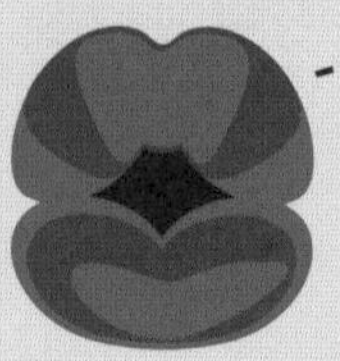

發音時嘴唇嘟起呈圓形

ㅇ + ㅜ = 우

拼寫方式為將零聲母 o 置於母音字母上方 。

[u] / [ㄨ]

動手寫寫看！

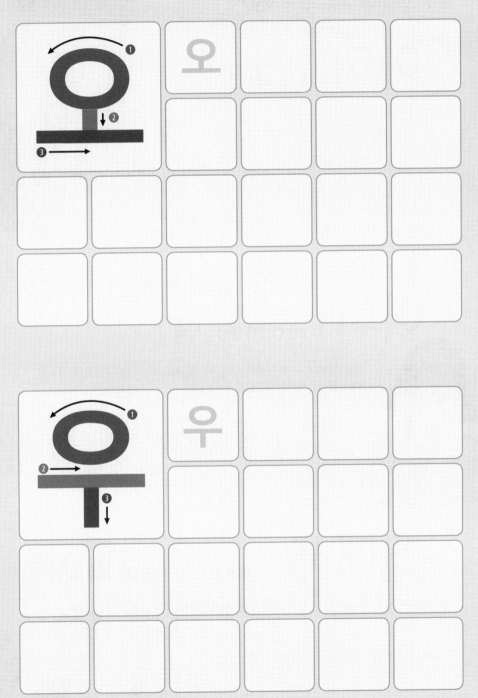

오

우

描寫練習 MP3 TRACK **05**

看圖練單字

1. **아이** [a i] 孩子

---

2. **어머!** [eo meo] 啊！

我的媽啊！年輕女性的口頭禪 / 感嘆詞。머 [meo] 是母音어 [eo] 與子音ㅁ [m] 拼寫的音節。

| | 머 | | 머 | | 머 |

---

3. **애매해.** [ae mae hae] 曖昧的。

「애매」使用時常以加上「하다」的形容詞型態顯現：「애매하다」。

| | 매 | 해 |

4. # 오빠 [o ppa] 哥

오빠

韓國女性對哥哥或年長的男生朋友的稱呼。
빠 [ppa] 是母音아 [a] 與子音ㅃ [pp] 拼寫的音節。

빠		빠		빠
빠		빠		빠

5. # 우유 [u yu] 牛奶

6. # 으... [eu] 呃…

으…表痛苦的感嘆詞。

複合母音（一） 야여요유

重點解說

　　複合母音就是由八個單母音所衍生的母音，發音較單母音複雜。在本回要介紹的是四個發音變化相似的複合母音：야 [ya]、여 [yeo]、요 [yo]、유 [yu]，書寫上比起單母音아 [a]、어 [eo]、오 [o]、우 [u]，在筆劃上各多了一橫，發音也比這四個單母音多了一個이 [i] 音，就是先呈現이音的嘴形後，再唸出아、어、오、우。

야

「一」加「ㄚ」，等於發出「一ㄚ」的音

[ya]

이 + 아 = 야

[i]　　[a]　　[ya]

比起單母音아在筆劃上各多了一橫，發音也比單母音아多了一個 y 音。

여

「一」加「ㄛ」，等於發出「ㄛ一」的音

[yeo]

이 + 어 = 여

[i]　　[eo]　　[yeo]

比起單母音어在筆劃上各多了一橫，發音也比單母音어多了一個 y 音。

「ㅣ」加「ㅗ」，等於發出
「ㅣㅗ」的音

[yo]

이 + 오 = 요
[i]　　[o]　　[yo]

比起單母音오在筆劃上各多了
一橫，發音也比單母音오多了
一個 y 音。

「ㅣ」加「ㅜ」，等於發出
「ㅣㅜ」的音

[yu]

이 + 우 = 유
[i]　　[u]　　[yu]

比起單母音우在筆劃上各多了
一橫，發音也比單母音우多了
一個 y 音。

韓語母音Q&A

야、여、요、유到底是單母音還是複合母音呢？

　　這本書中，複合母音（一）：야、여、요、유的四個母音，有時候在某些發音／字母書中會與單母音一起介紹。但為什麼在本書這四個母音會另被歸類為複合母音呢？不知道你有沒有發現呢？韓語八個單母音發音不像其他複合母音一樣是兩種母音的組合。以這個標準看來，야、여、요、유就自然而然在本書中被劃入複合母音的範圍囉！

動手寫寫看！

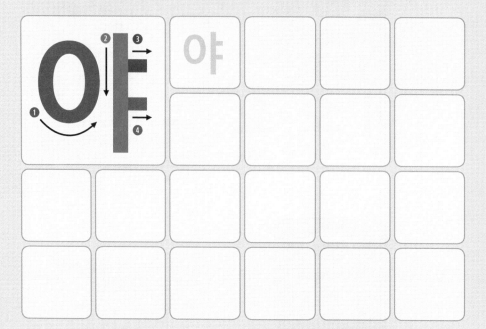

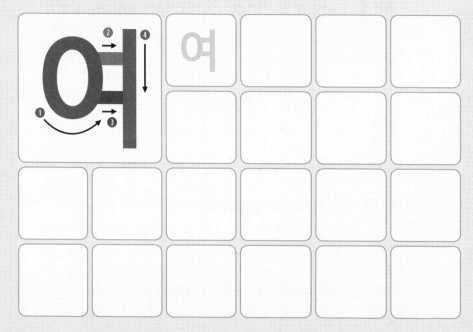

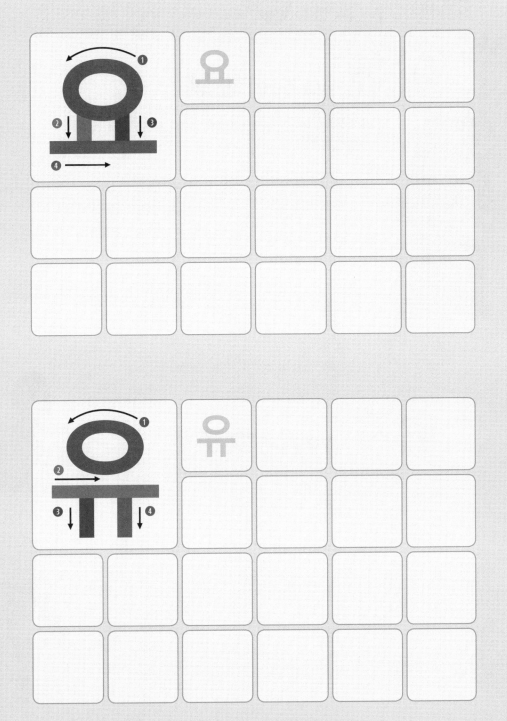

看圖練單字 Click +Play

1. 야해 [ya hae] 性感

形容詞原型是「야하다」。指女性妖冶俗艷的性感（貶義），使用時要注意喔！

	해		해		해
	해		해		해

2. 여자 [yeo ja] 女子

	자		자		자
	자		자		자
	자		자		자

3. 요리 [yo ri] 料理

「요리」使用時常以加上「하다」的動詞型態：「요리하다」顯現。

4. 여유 [yeo yu] 悠閒

複合母音（二）예 애

重點解說

　　複合母音예 [ye] 和애 [yae] 發音很相近，外表也很相近，都是兩橫「一」加兩豎「丨」，只是筆畫順序不同。可以想成：單母音에 / 애 各加一橫「一」= 예 / 얘，所以예 / 얘的讀音也是 [e] /[ae] [ㄝ] + 注音 [ー] = [ーㄝ] 喔。雖然原本發音有些微差異，但如同에 / 애，現代韓國人不大區分這兩個音，統一認定為發一樣的 [ye]，就是先呈現이音的嘴形後，再唸出에和애。

예

「ー」加「ㄝ」，等於發出「ーㄝ」的音

[ye]

이 + 에 = 예

[i]　　[e]　　　[ye]

單母音에加一橫 [ー] = 예，所以예的讀音是 [e] [ㄝ] + 注音 [ー] = [ーㄝ] 喔

애

「ー」加「ㄝ」，等於發出「ーㄝ」的音

[ye]

이 + 애 = 얘

[i]　　[ae]　　[yae]→[ye]

單母音애加一橫 [ー] = 얘，所以얘的讀音是 [ae] [ㄝ] + 注音 [ー] = [ーㄝ] 喔

動手寫寫看！

예

애

看圖練單字 Click + Play))

1. 예의 [ye i] 禮貌

	의		의		의
			의		의
			의		의

2. 얘기 [yae gi] 聊天

「얘기」使用時常以加上「하다」的動詞型態顯現：「얘기하다」。

	기		기		기
	기		기		기
	기		기		기

複合母音（三）외 왜 웨

重點解說

　　這組複合母音都是先呈現오音的嘴形後，再唸出其他單母音，在韓語中實際發音都唸成 [we]，也就是注音符號的 [ㄨ]＋[ㄝ]。複合母音「외」原本的讀音就是 [oe]，將 [oe] 唸得快一點就變成了讀音 [we（喂）]（「외」這個母音跟子音結合的時候要當作單母音來發音，但是當跟零聲母 ㅇ 結合時就是複合母音，發音是 [we]）。而複合母音「왜」的讀音是 [wae]，但其實在韓語中，애的讀音已經從 [ae] 變成 [e]／[ㄝ] 了，所以「왜」可以讀成 [we]。複合母音「웨」的讀音原本就是 [we]。

　　雖然目前的複合母音（二）的에 [e] 和애 [ae] 的實際發音，已經幾乎一模一樣變成 [e] 了，而複合母音（三）的왜 [wae] 和웨 [we] 的實際發音，也已經幾乎一模一樣變成 [we] 了，但羅馬拼音的標記方式仍沒有變更，所以在用羅馬拼音拼寫韓文字時還是得統一遵守韓語「韓國文字羅馬拼音標記法（한글로마자표기법）」規定的標記方式喔！

외

「ㄨ」加「ㄝ」，等於發出「ㄨㄝ」→「ㄨㄝ」的音

[oe]

오 ＋ ㅣ ＝ 외
[o]　[e]　[oe]

單母音오加一豎ㅣ＝외，讀音是 [o][ㄨ]＋注音 [ㄝ]＝[ㄨㄝ]→[ㄨㄝ] 喔。

「ㄨ」加「ㄝ」，等於發出
「ㄨㄝ」的音

[wae]

오 + 애 = 왜

[o]　　[ae]　[oae]→[wae]

單母音오加單母音ㅐ＝왜，讀音
是 [o] [ㄛ] ＋ [e] [ㄝ] （[ae] 發音
已變成 [e]）＝ [ㄛㄝ] →[ㄨㄝ] 喔

「ㄨ」加「ㄝ」，等於發出
「ㄨㄝ」的音

[we]

우 + 에 = 웨

[u]　　[e]　　[ue]→[we]

單母音우加單母音ㅔ＝웨，讀音
是 [u] [ㄨ] ＋ [e] [ㄝ] ＝ [ㄨㄝ] 喔

韓語母音Q&A

複合母音的發音其實不是單純的單母音發音加在一起喔！

　　其實複合母音的發音原理是：呈現第一個母音的嘴形後，再以
第二個母音的方式發音。例如，複合母音야是先呈現出母音이的嘴
型的狀況下，再發出아的音。

　　所以並不是發이音後再發母音아的音。用這種方式來發複合母
音，發音就會更標準囉！

動手寫寫看！

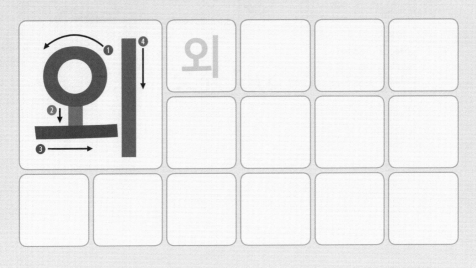

描寫練習 MP3 TRACK **08**

看圖練單字

1. 외교 [oe gyo] 外交

	교			교			교
	교			교			교

2. 왜？ [wae] 為什麼？

「왜？」是疑問詞，而「왜？」是半語，除非是親人或很熟的朋友，否則一般使用時可以用「왜요？」，會顯得比較禮貌喔！

3. 웨딩 [we ding] 婚禮

「웨딩」是用韓語字母拼寫的外來語，原為英文的「wedding」。

딩		딩		딩

複合母音(四) 와 워 위 의

重點解說

這一組四個複合母音：와、워、위、의都是兩種單母音組合而成的，無論是字型或讀音都可以直接的加以拼寫，只要用拼音聯想法，就可以將字母的筆順和發音都一次輕鬆記清楚喔！

와

「ㄡ」加「ㄚ」，等於發出「ㄡㄚ」→「ㄨㄚ」的音

[wa]

오 + 아 = 와

[o] [a] [oa]→[wa]

單母音오 [o] [歐] 加單母音아 [a] [啊] = 와 [wa] [哇]

워

「ㄨ」加「ㄛ」，等於發出「ㄨㄛ」的音

[weo]

우 + 어 = 워

[u] [eo] [ueo]→[weo]

單母音우 [u] [嗚] 加單母音어 [eo] [喔]= 워 [weo] [窩]

우 + 이 = 위

[u]　　[i]　　[ui]→[wi]

「ㄨ」加「ㅡ」，等於發出「ㄨㅡ」的音

[wi]

複合母音위若跟子音結合時，發音變單母音，像注音ㄩ，例如：쥐就讀成 [ㄐㄩ]

으 + 이 = 의

[eu]　　[i]　　[eui]→[ui]

「ㄜ」加「ㅡ」，等於發出「ㄜㅡ」的音

[ui]

先呈現單母音으 [eu] [噁] 的嘴型再唸出單母音이 [i] [咿]＝의 [ui] [噁咿]

韓語母音Q&A

複合母音의

① 當母音의放在字首時，要唸成 [ui] [噁咿]，例如：의사（醫師）[ui sa]。

② 當母音의不放字首時，唸成 [i] [咿]，例如：회의（會議）[hoe i]。

③ 當의表示擁有意思「的」時，要唸成 [e] [ㄟ]，例如：아빠의 책（爸爸的書）[a ppa e chaek]。

動手寫寫看！

와

워

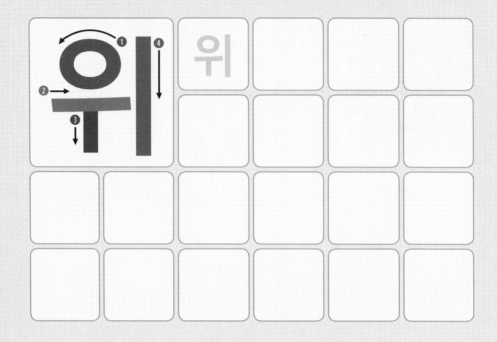

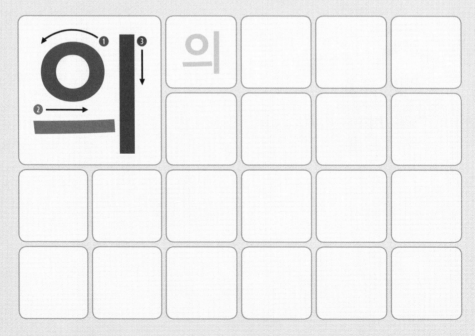

看圖練單字  (Click Play)))

1. # 와요! [wa yo] 來！

原型動詞「오다」的 - 요結尾敬語。

2. # 워드 [weo deu] 單字

「워드」是用韓語字母拼寫的外來語，原為英文的「word」。

3. 위에 [wi e] 在上方

4. 의자 [ui ja] 椅子

子音─牙音

> **重點解說**
>
> ㅋ和ㄲ分別是由五個基本子音中的ㄱ所衍生的「氣音／激音」和「硬音」。被稱為牙音是因為嘴巴張開發這個音ㄱ [k/g] 時舌根凸起頂到軟顎，舌根從軟顎放下來時氣流爆發出來的音。發音時，ㄱ、ㅋ和ㄲ發音位置一致，差別只在氣流強弱。氣流大小則是ㅋ [k]〉ㄱ [g]〉ㄲ [kk]。

冷笑時，嘴巴發出「顆顆」，就是以氣流慢慢放出的方式發出的聲音

$$[k \cdot g] / [ㄎ \cdot ㄍ]$$

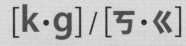

ㄱ的字型來源是發音時舌頭的形狀

嘴巴發出「顆」，就是以氣流快速而大量放出的方式發的氣音

$$[k] / [ㄎ]$$

嘴巴發出「歌」，就是以不放出氣流的方式發音

$$[kk] / [ㄍ]$$

53

動手寫寫看!

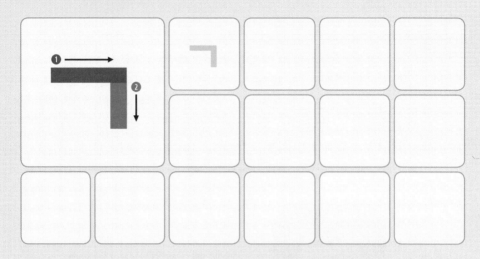

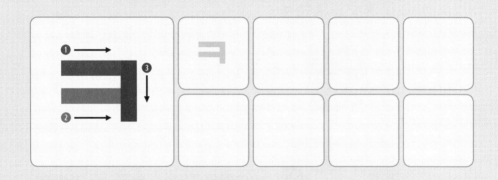

看圖練單字

1. **가！** [ga] **走開！**

動詞原型가다。「가！」若用來當作「走開！」時是
語氣不佳的半語，要注意使用時機喔！

2. **키스** [ki seu] **親吻**

「키스」（原為英文單字：kiss）。使用時常以加上「하다」的動詞
型態「키스하다」顯現。

3. **꼬마** [kko ma] **小朋友**

子音─舌音

重點解說

　ㄹ、ㄷ、ㅌ和ㄸ分別是由五個基本子音中的ㄴ所衍生。其中，ㅌ是子音ㄷ的「氣音／激音」，而ㄸ是子音ㄷ的「硬音」。被稱為舌音是因為嘴巴張開發ㄴ [n] 時，舌尖輕觸上牙齦。發ㄹ [r /l] 時，將舌尖輕觸牙齦讓氣流從舌側兩邊放出，而發ㄷ [t/d]、ㅌ [t] 和ㄸ [tt] 時發音位置和口型一致，差別只在發音時所需氣流的多寡。發ㅌ [t] 時較基本子音ㄷ [t/d] 需要更多氣流；發ㄸ [tt] 時則較基本子音ㄷ [t/d] 需要更少氣流，甚至沒有氣流。

ㄴ [n] [ㄋ] 舌頭彎曲輕觸牙齦，並以鼻音來發音

$$[n] / [ㄋ]$$

字型來源是發音時舌頭的形狀

ㄴ上方再多彎兩個彎，發出嘔吐聲「ㄌ」

$$[r·l] / [ㄖ·ㄌ]$$

ㄴ上方再多一橫，發音變成硬硬的「ㄉ」，就是以氣流慢慢放出的方式發出的聲音

$$[t \cdot d] / [去 \cdot ㄉ]$$

ㄷ再多一橫，以氣流快速而大量放出的方式發的氣音

$$[t] / [去]$$

ㄷ再多一個ㄷ，以不放出氣流的方式發音

$$[tt] / [ㄉ]$$

韓語母音Q&A

舌音的近似子音：ㄷ [t/d]、ㅌ [t]、ㄸ [tt]

　　有沒有發現子音：ㄷ [t/d]、ㅌ [t]、ㄸ [tt] 的發音非常相似呢？其實ㅌ [t]、ㄸ [tt] 可以說是由基本音ㄷ [t/d] 衍伸出來的喔。發音時維持發ㄷ [t/d] 的嘴型，氣流放出比較多又快速就變成「氣音（激音）」ㅌ [t]；發音時維持發ㄷ [t/d] 的嘴型，氣流比較少則變成「硬音」ㄸ [tt] 囉！

動手寫寫看！

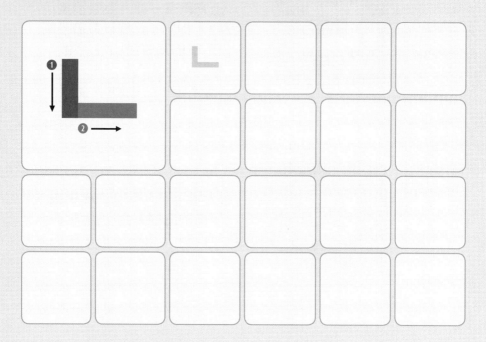

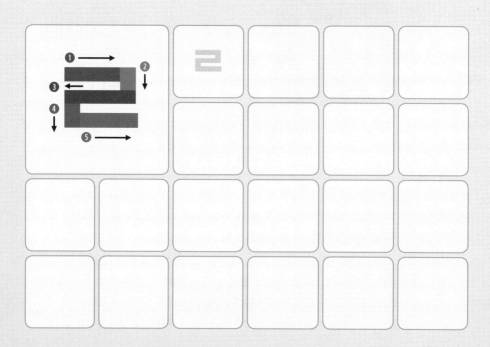

描寫練習 MP3 TRACK **11**

看圖練單字 Click + Play))

1. 누나 [nu na] 姐

韓國男性對親姊姊或比自己年長一點女性的稱呼。

누나

누	나		

2. 우리 [u ri] 我們

우	리		

3. 다 [da] 所有

다				

4. 퇴근 [toe geun] 下班

「퇴근」使用時常以加上「하다」以動詞型態顯現：「퇴근하다」。

퇴	근			

5. 떠나요 . [tteo na yo] 離開

떠	나	요		

子音—唇音

 重點解說

　　ㅂ、ㅍ和ㅃ分別是由五個基本子音中的ㅁ所衍生。被稱為唇音是因為發音時嘴唇閉合。發ㅂ [p/b]、ㅍ [p] 和ㅃ [pp] 時，發音位置和口型一致。差別只在發音時所放出氣流的多寡。ㅍ [p] 是ㅂ [p/b] 的「氣音／激音」，因此發音時較ㅂ需要更多又快的氣流；而ㅃ [pp] 是ㅂ [p/b] 的「硬音」，因此發ㅃ [pp] 時則較基本子音ㅂ需要更少氣流，甚至沒有氣流。

親吻時嘟嘴，發出「姆」「ㄇ」，以鼻音發音

[m] / [ㄇ]

字型來源是發音時嘴唇的形狀

ㅁ上方再多兩個角，發音變成硬硬的「ㄅ」，就是以氣流慢慢放出的方式發出的聲音

[p·b] / [ㄆ·ㄅ]

ㅁ四邊再多一橫，發音變成軟軟有氣的「ㄆ」，就是以氣流快速而大量放出的方式發的氣音

[p]/[ㄆ]

ㅂ再多一個ㅂ，以不放出氣流的方式發音

[pp]/[ㄅ]

韓語母音Q&A

唇音的近似子音：ㅂ [p/b]、ㅍ [p]、ㅃ [pp]

　　有沒有發現子音：ㅂ [p/b]、ㅍ [p]、ㅃ [pp] 的發音非常相似呢？其實 ㅍ [p]、ㅃ [pp] 可以說是由基本音 ㅂ [p/b] 衍伸出來的喔。發音時維持發 ㅂ [p/b] 的嘴型，氣流放出比較多就變成「氣音（激音）」ㅍ [p]；發音時維持發 ㅂ [p/b] 的嘴型，氣流比較少則變成「硬音」ㅃ [pp] 囉！

動手寫寫看！

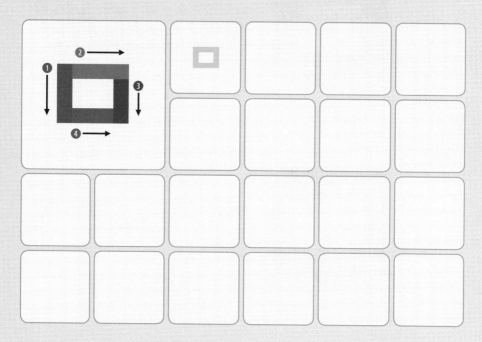

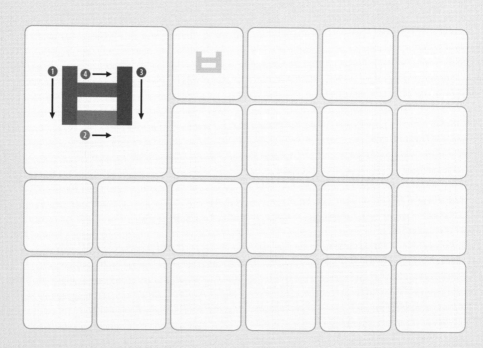

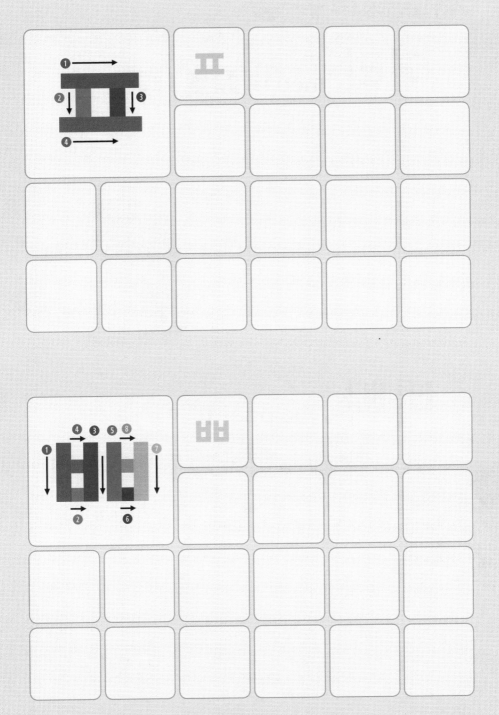

看圖練單字 Click + Play

1. # 머리 [meo ri] 頭髮 / 頭

머	리			

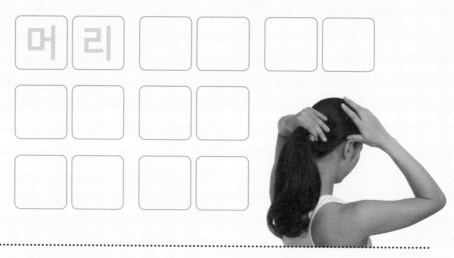

2. # 바빠 . [ba ppa] 忙。

「바빠 .」是半語。這個用法比較不正式，只能對親近的人使用。
如果想對其他不那麼熟的人，可以說：「바빠요 .」。

바	빠			

3. 아파. [a pa] 痛。

「아파.」是半語，有些年輕人會說成：「아퍼.」。這個用法比較不正式，只能對親近的人使用。如果想對其他不那麼熟的人，可以說：「아파요.」。

아파

4. 이뻐요. [i ppeo yo] 漂亮。

不同形的單字 예뻐요. 也是指「漂亮」喔。

第12回　MP3 TRACK 13

子音—齒音　ㅅㅆㅈㅊㅉ

重點
解說

　　ㅆ、ㅈ、ㅊ和ㅉ分別是由五個基本子音中的ㅅ所衍生。被稱為齒音是因為發音時嘴唇張開，舌面接近牙齦，氣流從舌面與牙齦之間形成的空隙通過。ㅆ [ss] 是ㅅ [s] 的硬音，因此發ㅆ時，口型和發ㅅ時一致，而比發ㅅ音時的空隙更窄。而發ㅈ [j]、ㅊ [ch] 和ㅉ [jj] 時，舌面首先貼到上顎（硬顎），然後稍微放開產生空隙，以氣流摩擦的方式發音。因為ㅊ和ㅉ分別是ㅈ的「氣音／激音」以及「硬音」，因此發ㅈ、ㅊ和ㅉ三個音時發音位置和口型一致，差別只在發音時所需氣流的多寡。發ㅊ音時較ㅈ音需要更多氣流；而發ㅉ音時則較ㅈ音需要更少氣流，甚至沒有氣流。

ㅅ「s/sh」「ㄙ/ㄒ」舌面靠近牙齦，放出氣流慢慢以磨擦方式來發音

$$[s \cdot sh]/[ㄙ \cdot ㄒ]$$

字型是發音時氣流通過位置

ㅅ旁邊再多一個ㅅ，兩個人發音更用力，將發音縫隙變得更狹窄，以氣流擠出的方式發音

$$[ss]/[ㄙˋ]$$

 ㅅ上方再多一橫，發音變重變成
「j」「ㄐ」，就是以氣流慢慢放
出的方式發出的聲音

[j]/[ㄐ]

 ㅈ上方再多一點，變輕多了一點
氣「ch」「ㄑ」，就是以氣流快
速而大量放出的方式發的氣音

[ch]/[ㄑ]

 ㅈ旁邊再多一個ㅈ，以不放
出氣流的方式發音

[jj·z]/[ㄐ]

韓語母音Q&A

齒音的近似子音：ㅅ [s]、ㅆ [ss] 與 ㅈ [j]、ㅊ [ch]、ㅉ [jj]

有沒有發現子音：ㅅ [s]、ㅆ [ss] 兩個子音的發音非常相似呢？其實
ㅆ [ss] 可以說是由基本音ㅅ [s] 衍伸出來的喔。發音時維持發ㅅ [s] 的嘴
型，氣流比較少就變成「硬音」ㅆ [ss]。還有，ㅈ [j]、ㅊ [ch]、ㅉ [jj] 三個
子音的發音也是十分相似呢！

發音時維持發ㅈ [j] 的嘴型，氣流比較多就變成「氣音（激音）」ㅊ
[ch]；發音時維持發ㅈ [j] 的嘴型，氣流比較少則變成「硬音」ㅉ [jj] 囉！

單母音

複合母音

子音

動手寫寫看！

看圖練單字 Click + Play

1.

스스로 [seu seu ro] 自己

스	스	로			

2.

싸요. [ssa yo] 便宜。

原型形容詞「싸다」的客氣用法。

싸	요				

3. **자요.** [ja yo] 睡覺。

자	요		

4. **초코** [cho ko] 巧克力

「초코」是用韓語字母拼寫的外來語，原為英文的「choco」。

초	코			

5. **가짜** [ga jja] 假的

가	짜		

73

子音—喉音 ㅇ ㅎ

ㅎ是由五個基本子音中的零聲母ㅇ所衍生的。

被稱為喉音是因為發音時會使喉嚨呈現ㅇ的形狀，當氣流摩擦到喉嚨所形成的空隙時，便會發出ㅎ [h] 的音。

一般拼音無聲，作為尾音時發鼻音「ng」「ㄥ」

$[無聲\cdot \textbf{ng}]/[ㄥ]$

字型是發音時喉嚨打開的形狀

ㅇ上方再多一個蓋子，悶出氣來「h」「ㄏ」

$[\textbf{h}]/[ㄏ]$

動手寫寫看！

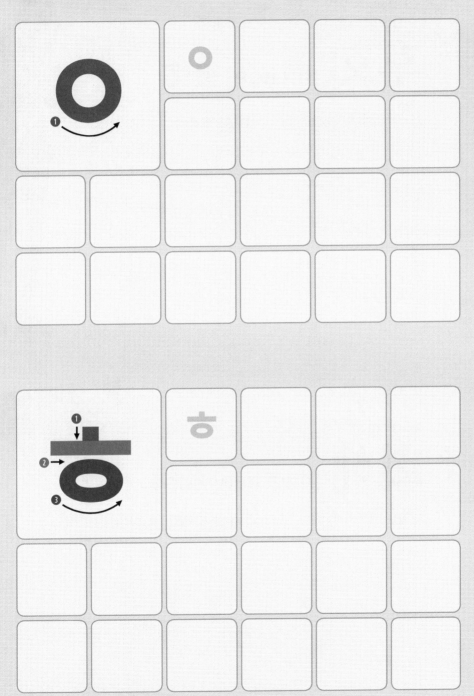

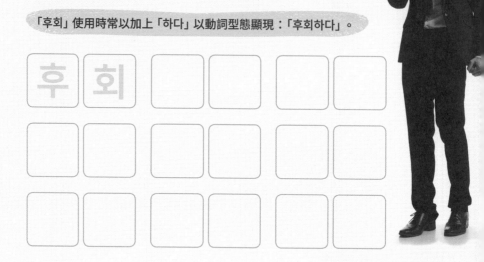

描寫練習 MP3 TRACK **14**

看圖練單字 Click + Play 🔊

1. 후회 [hu hoe] 後悔

「후회」使用時常以加上「하다」以動詞型態顯現：「후회하다」。

후	회				

2. 화해 [hwa hae] 和解

「화해」使用時常以加上「하다」的動詞型態顯現：「화해하다」。

화	해				

近似音比一比

子音有三種 — 鬆音（平音）／氣音／硬音比一比

中文發音裡通常能夠找到韓語子音的相似音，但是韓語中也有一些特殊的子音是中文發音中不特別區分的，這樣的韓語子音中包含被稱為「氣音／激音」以及「硬音」的子音。雖然看似複雜，其實這兩種音不過是比基本音—鬆音，在發音時多或少點氣流而已喔！

1 牙音子音的近似音

發音分類	鬆音	氣音	硬音
發音	ㄱ [k‧g]	ㅋ [k]	ㄲ [kk]
範例	골 山谷	콜 好／沒問題	꼴 樣子

2 舌音子音的近似音

發音分類	鬆音	氣音	硬音
發音	ㄷ [t‧d]	ㅌ [t]	ㄸ [tt]
範例	달 月亮	탈 面具	딸 女兒

3 唇音子音的近似音

發音分類	鬆音	氣音	硬音
發音	ㅂ [p・b]	ㅍ [p]	ㅃ [pp]
範例	불 火	풀 草	뿔 角

4 齒音子音的近似音

發音分類	鬆音	氣音	硬音
發音	ㅈ [j]	ㅊ [ch]	ㅉ [jj]
範例	자다 睡	차다 踢	짜다 鹹
發音	ㅅ [s・sh]		ㅆ [ss]
範例	사다 買		싸다 便宜

聽力測驗

聽音檔唸出的單字，按順序填入該單字開頭的子音字母。

範例 🔊 **골** → 單字開頭字母 **ㄱ**

1. 🔊 →

2. 🔊 →

3. 🔊 →

4. 🔊 →

5. 🔊 →

6. 🔊 →

7. 🔊 →

8. 🔊 →

9. 🔊 →

10. 🔊 →

ㅗㅌ

....

....

....

....

....

....

....

....

自我檢測小評量

你是否已熟記（若已熟記該部分，請在方格內打勾）：

- ☐ ① **八個單母音的筆劃與發音**
- ☐ ② **十三個複合母音的筆劃與發音**
- ☐ ③ **三個牙音子音**
- ☐ ④ **五個舌音子音**
- ☐ ⑤ **四個唇音子音**
- ☐ ⑥ **五個齒音子音**
- ☐ ⑦ **兩個喉音子音**
- ☐ ⑧ **鬆音／氣音／硬音子音的差別**
- ☐ ⑨ **四十音章節實用短語或單字**

共有：☐ 個勾

若不滿 6 個勾，建議重回四十音章節，把不熟悉的回合再練習一遍喔！

字母拼音

第15回　MP3 TRACK **17**

拼音基本規則　子音＋母音

重點解說

　　在英語或日語中，只要以單一字母依序由左至右順排便可以組合成一個字彙。但是在韓語的拼音規則中，則必須先把一到數個子音與一個主要母音先組合成一個音節後，才能進一步以音節拼寫成字彙。

拼音組合

子音＋單母音（拼寫時在右方）

子音　+　單母音

ㅅ　+　ㅓ　=　서

子音　　單母音　　[**seo**]

子音＋單母音（拼寫時在下方）

子音　+　單母音

ㅅ　+　ㅗ　=　소

子音　　單母音　　[**so**]

子音＋複合母音（拼寫時在右方及下方）

子音　+　複合母音

ㅁ　+　ㅝ　=　뭐

子音　　複合母音　　[**mweo**]

看圖練單字

1. # 서로 [seo ro] 互相

서 로 ☐ ☐ ☐ ☐

☐ ☐ ☐ ☐ ☐ ☐

2. # 소리 [so ri] 聲音

소 리 ☐ ☐ ☐ ☐

☐ ☐ ☐ ☐ ☐ ☐

3. # 뭐? [mweo] 什麼?

「뭐?」是疑問詞。但「뭐?」是半語除非是親人或很熟的朋友,一般使用時則要用「뭐예요?」。

 뭐

뭐?

第16回　MP3 TRACK **18**

加入尾音時 子音＋母音＋子音

重點
解說

韓語音節有單純一個母音加上一個子音的拼寫方式，
但也有比較複雜的音節。也就是當有尾音／收音的子音加入
音節之後，會使音節的讀音變得比較複雜，也會使寫法變
得複雜一點，這類型的音節在拼寫時要注意母音與子音的空
間分配喔！

拼音組合

子音＋母音＋1個子音（拼寫時在右方或下方）

子音　　　單母音　　　子音　　　[bul]

子音＋母音＋1個子音（拼寫時在下方）

子音　　　複合母音　　　子音　　　[bwat]

子音＋母音＋2個子音（拼寫時在下方）

子音　　單母音　　子音　　子音　　[sam]

看圖練單字

1. 개뿔 [gae ppul] 胡說八道

這是一句慣用語。개（狗）뿔（角），狗長角，引申為「不可能／胡說八道」的意思。有些情境下會被翻成「狗屁」。

개	뿔				

---

2. 봤어. [bwa sseo] 看到了。

「봤어 .」是動詞過去式的半語，除非是親人或很熟的朋友，一般使用時則要用：「봤어요 .」。

봤	어				

---

3. 삶 [sam] 生命

삶				

連音變化　單尾音 雙尾音

> **重點解說**
>
> 　　韓語的連音規則是指有尾音的音節在拼讀時，尾音會與下一個音節開頭的子音結合。例如：앞에的讀音不是直接照讀 [ap e]，前一個音節앞 [ap] 的尾音ㅍ [-p] 會與下一個音節的零聲母（無聲）ㅇ結合，而使讀音變成 [a pe]。
>
> 　　本回將介紹連音規則的兩種情況：一、前一個音節是單尾音：尾音與下一個音節開頭的子音結合。 二、前一個音節是雙尾音：左邊的尾音會留在原本的位置作為尾音，但右方的尾音則與下一個音節開頭子音結合。

單尾音連音規則

尾音與下一個音節開頭的子音結合

 삼일 三日	照字母拼讀讀音 [**sam il**]
	連音規則　前一個音節是單尾音： 尾音ㅁ [-m] 與下一個音節開頭的 零聲母ㅇ結合成ㅁ
	正確讀音 [**사밀**] / [**sa mil**]

範例 **약을 먹었어.**

吃過藥了。

照字母拼讀讀音 [yak eul meok eot eo]

連音規則　前一個音節是單尾音：
尾音 ㄱ [-k] 與下一個音節開頭的零聲母 ㅇ 結合成 ㄱ

正確讀音 [야글 머거써] / [ya geul meo geo sseo]

雙尾音連音規則

左邊的尾音會留在原本的位置作為尾音，右邊的尾音則移至下一個音節作為開頭子音

範例 **앉아요.** 坐下。

照字母拼讀讀音 [an a yo]

連音規則　前一個音節是雙尾音：
左邊的尾音 ㄴ [-n] 留在原本的位置作為尾音，但右方的尾音 ㅈ 則與下一個音節開頭零聲母 ㅇ 結合成 ㅈ

正確讀音 [안짜요] / [an jja yo]

範例

선을 밟았어.

踩到線了。

照字母拼讀讀音 [seon eul bap at eo]

連音規則　前一個音節是雙尾音：
左邊的尾音ㄹ [-l] 留在原本的位置作為尾音，但右方的
尾音ㅂ則與下一個音節開頭零聲母ㅇ結合成ㅂ

正確讀音 [서늘 발바써]／[seo neul bal ba sseo]

範例

젊은이. 年輕人

照字母拼讀讀音 [jeom meun i]

連音規則　前一個音節是雙尾音：
左邊的尾音ㄹ [-l] 留在原本的位置作為尾音，但右方的尾
音ㅁ則與下一個音節開頭零聲母ㅇ結合成ㅁ

正確讀音 [절므니]／[jeol meu ni]

읽어요. 讀。

照字母拼讀讀音 [ik eo yo]

連音規則　前一個音節是雙尾音：
左邊的尾音 ㄹ [-l] 留在原本的位置作為尾音，但右方的尾音 ㄱ 則與下一個音節開頭零聲母 ㅇ 結合成 ㄱ

正確讀音 [일거요] / [il geo yo]

노트

看圖練單字 Click + Play

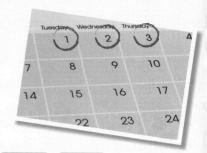

1. **삼일** [sa mil] 三日

| 삼 | 일 | | | |

---

2. **약을 먹었어.**

[ya geul meo geo sseo] **吃過藥了。**

> 「약을 먹었어.」是半語，除非是親人或很熟的朋友，否則一般
> 使用時可以用：「약을 먹었어요.」，會顯得比較禮貌喔！

| 약 | 을 | 먹 | 었 | 어 |

---

3. **앉아요.** [an jja yo] 坐下。

| 앉 | 아 | 요 | | | |
| | | | | | |

4. 선을 밟았어.

[seo neul bal ppa sseo] 踩到線了。

> 「선을 밟았어.」是半語，除非是親人或很熟的朋友，否則一般使用時可以用：「선을 밟았어요.」，會顯得比較禮貌喔！

선을 밟았어

---

3. 젊은이

[jeol meu ni] 年輕人

젊은이

---

4. 읽어요. [il geo yo] 讀。

읽어요

尾音／收音 單尾音 雙尾音

　　一般韓語學習書中也會將尾音稱為「收音（받침）」，也就是在拼音組合字母時置於最下方的子音。

　　尾音／收音一般分為單尾音／雙尾音，也就是拼音組合最下方只放一個子音，像是：뿔，而雙尾音則是拼音組合最下方放了兩個子音，像是：삵。其實原理並不會太難懂喔！

例如：

뿔 ← 單尾音

삶 ← 雙尾音

單尾音 重點解說

發 ○ [-ng] 的鼻音尾音

子音ㅇ雖然是無聲子音，但作為尾音時，發音卻是 [ng] 的重聲鼻音，並以舌根貼住軟顎來收尾。

운 동　運動
[wun]　[dong]

성 공　成功
[seong]　[gong]

멍 청 이　傻蛋
[meong]　[cheong]　[i]

看圖練單字

1. # 운동 [wun dong] 運動

「운동」使用時常以加上「하다」的動詞型態：「운동하다」顯現。

운	동				

2. # 성공 [seong gong] 成功

「성공」使用時常以加上「하다」的動詞型態：「성공하다」顯現。

성	공				

3. # 멍청이 [meong cheong i] 傻蛋

멍청이（傻蛋），帶一點親暱的味道，和一般只是罵人笨的詞彙有些微不同。有時會出現在情侶的對話中喔！

멍	청	이			

第19回　MP3 TRACK **21**

尾音／收音　單尾音　雙尾音

單尾音

發 ㄷ [-t] 的尾音 ㄷ、ㅌ、ㅅ、ㅆ、ㅈ、ㅊ、ㅎ

作為尾音時，發音是輕聲的 [t]，不需出聲，並以舌尖貼住牙齦收尾。

範例

ㄷ ➡ **받 다** 收
[bat] [tta]

ㅌ ➡ **맡 기 다** 委託
[mat] [kki] [da]

ㅅ ➡ **다 섯** 數字 5
[da seot]

ㅆ ➡ **있 다** 有
[it] [tta]

ㅈ ➡ 맞 다 正確
　　　[mat]　[tta]

ㅊ ➡ 꽃 花
　　　[kkot]

ㅎ ➡ 그 렇 다. 是的。
　　　[geu]　[reo]　[ta]

韓語尾音Q&A

音韻變化提示

① 看到範例「받다 [ba tta] (收)」、「있다 [it tta] (有)」和「맞다 [mat tta (正確)」的讀音，最後一個音節「다」的子音「ㄷ」[d] 的讀音化為「ㄸ」[tt]，會不會覺得有點疑惑呢？其實，這是韓語音韻變化的一種。在連讀拼音時為了便於發音，有些子音會產生讀音的變化。「音韻變化的規則」在後面幾回便會介紹到。這個變化的名稱是「硬音化」。

② 看到範例「그렇다 . [geu reo ta] (是的。)」的讀音，最後一個音節「다」的子音「ㄷ」[d] 的讀音化為「ㅌ」[t]，會不會覺得有點疑惑呢？其實，這是韓語音韻變化的一種。在連讀拼音時為了便於發音，有些子音會產生讀音的變化。「音韻變化的規則」在後面幾回便會介紹到。這個變化的名稱是「氣音化」。

描寫練習

描寫練習 MP3 TRACK **21**

看圖練單字

1. # 받다 [bat tta] 收

「받다」使用時會變化為：「받아.」（半語）／「받아요.」（敬語）。

| 받 | 다 | | | | |

2. # 맡기다 [mat kki da]

委託

「맡기다」使用時會變化為：「맡겨.」（半語）／「맡겨요.」（敬語）。

| 맡 | 기 | 다 | | | |

3. # 다섯 [da seot] 數字 5

| 다 | 섯 | | | | |

96

4. 있다 [it tta] 有

「있다」使用時會變化為：「있어.」(半語)／「있어요.」(敬語)。

있	다			

5. 맞다 [mat tta] 正確

當你說：「對了！」或回答對方：「是啊！」時候都可以用喔！
「맞다!」是半語，一般使用時可以用：「맞아요.」。

맞	다			

6. 꽃 [kkot] 花

꽃			

7. 그렇다. [geu reo ta] 是的。

當你要附和或回答對方的時候都可以用。一般使用時可以用「그래요.」。

그	렇	다		

尾音／收音 單尾音 雙尾音

雙尾音

發 ㄱ [-k] 的尾音 ㄱ、ㄲ、ㅋ、ㄳ、ㄺ

作為尾音時，發音是輕聲的 [k]，不需出聲，並以舌根貼住軟顎收尾。

範例

ㄱ ➡ **약** 藥
[yak]

ㄲ ➡ **밖** 外
[bak]

ㅋ ➡ **부 엌** 廚房
[bu] [eok]

ㄳ ➡ **삯** 工資
[sak]

ㄺ ➡ **닭** 雞
[dak]

看圖練單字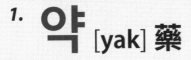

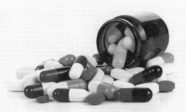

1. **약** [yak] 藥

약				

2. **밖** [bak] 外

使用時須加上助詞「-에」，變成「밖에」，指「在外面」。

밖				

3.
부억 [bu eok] 廚房

부 억 ⬜ ⬜ ⬜ ⬜

⬜ ⬜ ⬜ ⬜ ⬜

4.
삯 [sak] 工資

「삯」這個單字指的是在勞動過後所獲得的「工資」，所以和一般辦公室的月薪是不一樣的喔！

삯 ⬜ ⬜ ⬜ ⬜

5.
닭 [dak] 雞

닭 ⬜ ⬜ ⬜ ⬜

닭 ⬜ ⬜ ⬜ ⬜

尾音/收音 單尾音 雙尾音

雙尾音 Click + Play))

發 ㄴ [-n] 的尾音 ㄴ、ㄵ、ㄶ

作為尾音時，發音是 [n] 的輕聲鼻音，並將舌尖貼到牙齦來收尾。

範例

ㄴ➡ **인 사** 打招呼
[in]　　[sa]

ㄵ➡ **앉 으 세 요.**
[an jeu]　　[se]　　[yo]

請坐。

ㄶ➡ **많 아 요.** 很多。
[ma na]　　[yo]

101

描寫練習　MP3 TRACK **023**

看圖練單字

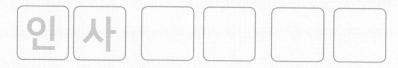

1. **인사** [in sa] 打招呼

| 인 | 사 | | | | |

....

2. **앉으세요 .** [an jeu se yo]

請坐。　　動詞앉다（坐）的常用敬語。

| 앉 | 으 | 세 | 요 |
| | | | |

....

3. **많아요 .** [ma na yo]

很多。

| 많 | 아 | 요 | | |

尾音 / 收音　單尾音 雙尾音

雙尾音 Click + Play))

發 ㄹ [-l] 的尾音

ㄹ、ㄼ、ㄽ、ㄾ、ㅀ

作為尾音時，發音是略捲舌的 [l]，發音時舌頭觸碰牙齦來收尾。

範例

ㄹ ➡ **발** 腳
[bal]

ㄼ ➡ **발이 넓어.**
[ba ri]　　　[neol beo]

交遊廣闊。

ㄽ ➡ **곬** 路線
[gol]

ㄹㅌ ➡ **핥** 아 **먹** 자!
　　　[hal ta]　　　[meok]　　[jja]

來舔著吃吧！

ㄹㅎ ➡ **싫** 다.　討厭。
　　　[sil]　　[ta]

韓語尾音 Q & A

音節「다」的音韻變化

　　看到範例「싫다 [sil ta]（收）」的讀音，最後一個音節「다」的子音「ㄷ」[d] 的讀音化為「ㅌ」[t]，會不會覺得有點疑惑呢？其實，這是韓語音韻變化的一種。在連讀拼音時為了便於發音，有些子音會產生讀音的變化。「音韻變化的規則」在後面幾回便會介紹到。這個變化的名稱是「氣音化」。

看圖練單字

1. **발** [bal] 腳

발				

---

2. **발이 넓어.** [ba ri neol beo]

交遊廣闊。

這是一句慣用語。「발 (腳) 이 넓어 .」是半語，一般使用時建議用：「발이 넓어요 .」喔。

발	이	넓	어

3. 곬 [gol] 路線

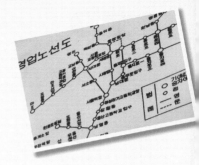

---

4. 핥아 먹자! [hal ta meok jja]

來舔著吃吧！

「핥아 먹자！」是半語。如果想對其他不那麼熟的人，可以說：「핥아 먹읍시다！」

---

5. 싫다. [sil ta] 討厭。

「싫다」使用時會變化為：「싫어.」（半語）／「싫어요.」（敬語）。

尾音/收音 單尾音 雙尾音

雙尾音 Click + Play))

發 ㅁ [-m] 的尾音 ㅁ、ㄻ

作為尾音時，發音是閉口抿唇的 [m]，不需出聲，閉口後以鼻音收尾。

範例

ㅁ ➡ **잠 잘 거 야!**
[jam]　[jal]　　[kkeo]　　[ya]

睡囉！

➡ **쌤**　老師的暱稱
[ssaem]

ㄻ ➡ **젊 다**　年輕的
[jeom]　[tta]

➡ **닮 았 네!**　真像呢！
[tal]　[man]　[ne]

描寫練習 MP3 TRACK **25**

看圖練單字

1. 잠 잘 거야！

[jam jal kkeo ya] 睡囉！

> 잠 (睡眠) 자다 (動詞：睡) +- ㄹ 거 (未來式語尾)。「잠 잘 거야！」
> 是半語，一般使用時可以用：「잠 잘 거예요．」。

---

2. 쌤 [ssaem] 老師

> 流行語。是韓語中老師「선생님」的縮寫或暱稱。適合私下聊天或與老師
> 比較熟悉時，私下稱呼老師。

3. 젊다 [jeom tta] 年輕的

「젊다」使用時會變化為：「젊어 .」（半語：適合對較親近的使用）／「젊어요 .」（敬語：一般較禮貌用法）。

4. 닮았네 ! [tal man ne] 真像呢 !

「닮았네 !」是半語，表示客氣時可以用：「닮았어요 .」

尾音／收音 單尾音 雙尾音

雙尾音

發 ㅂ [-p] 的尾音 ㅂ、ㅍ、ㅄ、ㄿ

作為尾音時，發音是閉口的 [p]，不需出聲，以閉口收氣方式發音。

範例

ㅂ ➡ **수 업** 課
[su]　　　[eop]

ㅍ ➡ **무 릎** 膝蓋
[mu]　　　[reup]

ㅄ ➡ **없 어.** 沒有。
[eop seo]

ㄿ ➡ **읊 어 봐.**
[eul peo]　　　[bwa]

朗誦看看。

看圖練單字

1. **수업** [su eop] 課

수	업				

---

2. **무릎** [mu reup] 膝蓋

무	릎				

3. 없어. [eop seo] 沒有。

「없어.」是半語。如果想對其他不那麼熟的人可以說：「없어요.」。

없어

---

4. 읊어 봐.

[eul peo bwa] 朗誦看看。

「읊어 봐.」是半語。如果想對其他不那麼熟的人可以說：「읊어 봐요.」。

읊어봐

音韻變化（一）硬音化

以子音：ㄱ、ㅈ、ㅂ、ㅅ、ㅈ開頭的音節，若遇到前一音節尾音：ㄱ [-k]、ㄷ [-t]、ㅂ [-p] 時，原本為鬆音（平音）的子音：ㄱ、ㅈ、ㅂ、ㅅ、ㅈ依序變化為硬音子音：ㄲ、ㅉ、ㅃ、ㅆ、ㅉ。例如：식당（餐廳）的發音不是 [sik dang]。因為第一個音節尾音為ㄱ [-k]，碰到下一個音節開頭子音ㄷ，而使下一個音節開頭子音ㄷ變成硬音子音ㄸ，所以식당的讀音是 [sik ttang]。

前一個音節尾音ㅂ / ㄷ / ㄱ + 下一個音節開頭子音ㅂ / ㄷ / ㅅ / ㅈ / ㄱ

➡ 前一個音節尾音不變 + 下一個音節開頭子音 ㅃ / ㄸ / ㅆ / ㅉ / ㄲ

역시 果然	照字母拼讀讀音 **[yeok si]**
	音韻變化原理　前一個音節尾音ㄱ [-k] + 下一個音節開頭子音ㅅ，則前一個音節尾音不變 + 下一個音節開頭子音由ㅅ變成ㅆ
	正確讀音　**[역씨]** / **[yeok ssi]**

⑳例 **걱정해요.** 擔心。

照字母拼讀讀音 [**geok jeong hae yo**]

音韻變化原理　前一個音節尾音ㄱ[-k]＋下一個音節開頭子音ㅈ，則前一個音節尾音ㄱ不變＋下一個音節開頭子音由ㅈ變成ㅉ

正確讀音 [**걱쩡해요**]／[**geok jjeong hae yo**]

⑳例 **닭갈비** 雞排

照字母拼讀讀音 [**dak gal bi**]

音韻變化原理　前一個音節尾音ㄺ（發ㄱ[-k]）＋下一個音節開頭子音ㄱ，則前一個音節尾音ㄺ不變＋下一個音節開頭子音由ㄱ變成ㄲ

正確讀音 [**닭깔비**]／[**dak kkal bi**]

⑳例 **갑자기** 突然

照字母拼讀讀音 [**gap ja gi**]

音韻變化原理　前一個音節尾音ㅂ[-p]＋下一個音節開頭子音ㅈ，則前一個音節尾音ㅂ不變＋下一個音節開頭子音由ㅈ變成ㅉ

正確讀音 [**갑짜기**]／[**gap jja gi**]

看圖練單字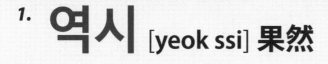

1. ## 역시 [yeok ssi] 果然

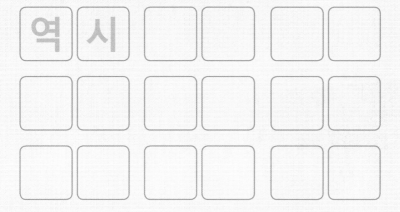

---

2. ## 걱정해요 .

[geok jjeong hae yo] 擔心。

3. 닭갈비 [dak kkal bi] 雞排

4. 갑자기 [gap jja gi] 突然

우와

音韻變化（二）氣音化

氣音化是指前一個音節與下一個音節連讀後兩個子音發音結合為氣音（ㅋ、ㅌ、ㅍ、ㅊ）。例如：착해요 . （善良。）的讀音不是 [chak hae yo]。因為第一個音節的尾音ㄱ，與下一個音節開頭子音ㅎ結合，而變成氣音ㅋ [k] 了。所以其讀音為 [cha kae yo]。 本回將介紹流音化的兩種情況：一、 前一個音節的尾音ㅎ與下一個音節開頭的子音ㄱ、ㄷ、ㅂ、ㅈ拼讀，兩個子音結合為氣音。二、 前一個音節的尾音發ㄱ（ㅋ、ㄲ）/ ㄷ（ㅅ、ㅈ、ㅆ、ㅊ、ㅌ）/ ㅂ（ㅍ、ㄿ）與下一個音節開頭的子音ㅎ [h] 拼讀時，兩個子音結合分別變化為氣音。

氣音化規則

1 前一個音節尾音ㅎ＋下一個音節開頭子音ㄱ / ㄷ / ㅂ / ㅈ

➔ 前一個音節尾音ㅎ 不發音 ＋氣音ㅋ / ㅌ / ㅍ / ㅊ

範例 # 그렇게 那樣子

照字母拼讀讀音 [**geu reot ge**]

音韻變化原理 前一個音節尾音ㅎ＋下一個音節開頭子音ㄱ，則前一個音節尾音ㅎ不發音＋下一個音節開頭子音由ㄱ [g] 變成ㅋ [k]

正確讀音 [그러케] / [**geu reo ke**]

範例 **그렇죠.** 是吧。

照字母拼讀讀音 [**geu reot jo**]

音韻變化原理　前一個音節尾音ㅎ＋下一個音節開頭子音ㅈ，則前一個
音節尾音ㅎ不發音＋下一個音節開頭子音由ㅈ [j] 變成
ㅊ [ch]

正確讀音 [**그러쵸**] / [**geu reo chyo**]

2 前一個音節尾音發 ㄱ / ㄷ / ㅂ / ㅈ ＋
下一個音節開頭子音 ㅎ
➡ 前一個音節尾音不發音＋氣音 ㅋ /
ㅌ / ㅍ / ㅊ

範例 **백화점** 百貨公司

照字母拼讀讀音 [**baek hwa jeom**]

音韻變化原理　前一個音節尾音是ㄱ＋下一個音節開頭子音ㅎ，則前一
個音節尾音不發音＋下一個音節開頭子音變成ㅋ [k]

正確讀音 [**배콰점**] / [**bae kwa jeom**]

範例 **심각해** . 嚴重。

照字母拼讀讀音 [sim gak hae]

音韻變化原理　前一個音節尾音是ㄱ＋下一個音節開頭子音ㅎ，則前一
個音節尾音不發音＋下一個音節開頭子音變成ㅋ[k]

正確讀音 [**심가캐**] / [sim ga kae]

範例 **습해요** . 潮濕。

照字母拼讀讀音 [seup hae yo]

音韻變化原理　前一個音節尾音ㅂ＋下一個音節開頭子音ㅎ，則前一個
音節尾音不發音＋下一個音節開頭子音變成ㅍ[p]

正確讀音 [**스패요**] / [seu pae yo]

看圖練單字

1. # 그렇게 [geu reo ke] 那樣子

그렇게（那樣子）相似詞是：「이렇게」（這樣子）。

그	렇	게		

2. # 그렇죠 . [geu reo chyo] 是吧。

是敬語型態。그렇다（是的）+ 語尾 - 지요（再次確認的語氣）。

그렇죠

그	렇	죠		

3. # 백화점 [bae kwa jeom] 百貨公司

백	화	점		

---

4. # 심각해 . [sim ga kae] 嚴重。

「심각해 .」是半語，一般使用時可以用：「심각해요 .」。

심	각	해

---

5. # 습해요 . [seu pae yo] 潮濕。

습	해	요

MP3 TRACK 29

音韻變化（三）鼻音化

重點解說

鼻音化是韓語拼讀時，前一音節的尾音：ㄱ、ㄷ、ㅂ遇到下一個音節以鼻音子音ㄴ、ㅁ開頭時，分別變成ㅇ [-ng]、ㄴ [-n]、ㅁ [-m] 的鼻音尾音。例如：악마（惡魔）的讀音不是 [ak ma]，前一個音節악 [ak] 的尾音ㄱ [-k] 碰到下一個音節開頭子音ㅁ [m] 而鼻音化為ㅇ [-ng] 了，所以악마的讀音是 [ang ma]。

本回將介紹鼻音化的三種情況：一、只有前一個音節尾音鼻音化、二、只有下一個音節開頭子音鼻音化，以及三、前一個音節的尾音，以及下一個音節開頭的子音都變化。

鼻音化規則

只有前一個音節的尾音鼻音化

1 前一個音節尾音發ㄱ[-g]：

ㄱ、ㅋ、ㄲ、ㄳ、ㄺ＋下一個音節開頭子音ㅁ / ㄴ

➡ 前一個音節尾音變成ㅇ

範例	照字母拼讀讀音 **[mak nae]**
막내 老么	音韻變化原理　前一個音節尾音是ㄱ＋下一個音節開頭子音ㅁ，則前一個音節尾音由ㄱ [-k] 變成ㅇ [-ng]
	正確讀音 **[망내]**／**[mang nae]**

2 前一個音節尾音發 ㄷ [-t]：

ㄷ、ㅅ、ㅆ、ㅈ、ㅊ、ㅌ、ㅎ ＋ 下一個音節開頭子音 ㅁ / ㄴ

➡ 前一個音節尾音變成 ㄴ

範例 **못 만나요.** 見不到。

照字母拼讀讀音 [mot man na yo]

音韻變化原理　前一個音節尾音是 ㅅ＋下一個音節開頭子音 ㅁ，則前一個音節尾音由 ㅅ [-t] 變成 ㄴ [-n]

正確讀音 [몬 만나요] / [mon man na yo]

---

3 前一個音節尾音發 ㅂ [-p]：

ㅂ、ㅍ、ㄹㅂ、ㄹㅍ、ㅄ ＋ 下一個音節開頭子音 ㅁ / ㄴ

➡ 前一個音節尾音變成 ㅁ

範例 **합니다** 敬語：做～

照字母拼讀讀音 [hap ni da]

音韻變化原理　前一個音節尾音是 ㅂ＋下一個音節開頭子音 ㄴ，則前一個音節尾音由 ㅂ [-p] 變成 ㅁ [-m]

正確讀音 [함니다] / [ham ni da]

只有下一個音節開頭的子音鼻音化

前一個音節尾音發 ㅁ/ㅇ + 下一個音節開頭子音 ㄹ

➡ 下一個音節開頭的子音變成 ㄴ

範例		
정리 整理	照字母拼讀讀音	**[jeong ri]**
	音韻變化原理	前一個音節尾音是 ㅇ + 下一個音節開頭子音 ㄹ，則前一個音節尾音不變 + 下一個音節開頭子音由 ㄹ [-l] 變成 ㄴ [-n]
	正確讀音	**[정니]**／[jeong ni]
음력 農曆／陰曆	照字母拼讀讀音	**[eum ryeok]**
	音韻變化原理	前一個音節尾音是 ㅁ + 下一個音節開頭子音 ㄹ，則前一個音節尾音不變 + 下一個音節開頭子音由 ㄹ [-l] 變成 ㄴ [-n]
	正確讀音	**[음녁]**／[eum nyeok]

前一個音節的尾音，以及下一個音節開頭的子音都變化

前一個音節尾音發 ㄱ/ㅂ + 下一個音節開頭子音 ㄹ

➡ 前一個音節尾音變成 ㅇ/ㅁ + 下一個音節開頭的子音變成 ㄴ

範例	照字母拼讀讀音	[dok rip]
독립 獨立	音韻變化原理	前一個音節尾音是 ㄱ + 下一個音節開頭子音 ㄹ，則前一個音節尾音由 ㄱ [-k] 變成 ㅇ [-ng]；下一個音節開頭子音由 ㄹ [r] 變成 ㄴ [n]
	正確讀音	[동닙]/[dong nip]
範例	照字母拼讀讀音	[sip ri]
십리 十里	音韻變化原理	前一個音節尾音是 ㅂ + 下一個音節開頭子音 ㄹ，則前一個音節尾音由 ㅂ [-p] 變成 ㅁ [-m]；下一個音節開頭子音由 ㄹ [r] 變成 ㄴ [n]
	正確讀音	[심니]/[sim ni]

描寫練習 MP3 TRACK **29**

看圖練單字

1. **막내** [mang nae] **老么**

| 막 | 내 | | | | |

---

2. **못 만나요.**

[mon man na yo] **見不到**

「못 만나다.」使用時會變化為：「못 만나」(半語) ／
「못 만나요.」(敬語)。

| 못 | 만 | 나 | 요 |

---

3. **합니다** [ham ni da] **做～**

動詞하다 (做) 的 - ㅂ니다敬語型態。使用時會變化為：「해.」
(半語) ／「해요.」(- 요敬語)。

| 합 | 니 | 다 | |

4. 정리 [jeong ni] 整理

정 리 ☐ ☐ ☐ ☐

5. 음력 [eum nyeok] 農曆／陰曆

음 력 ☐ ☐ ☐ ☐

6. 독립 [dong nip] 獨立

독 립 ☐ ☐

7. 십리 [sim ni] 十里

십 리 ☐ ☐ ☐ ☐

第**28**回　MP3 TRACK **30**

音韻變化（四）流音化

重點解說

前一個音節的尾音ㄴ [-n]，或者下一個音節開頭的子音ㄴ [n] 在與子音ㄹ連讀後發音被同化成ㄹ。例如：난로（暖爐）的讀音不是 [nan ro]。因為第一個音節的尾音ㄴ [-n] 碰到下一個音節開頭子音ㄹ [r] 而流音化為ㄹ [r/l] 了，所以난로的讀音是 [nal ro]。

本回將介紹流音化的情況：前一個音結尾音／下一個音節開頭子音流音化：由ㄴ變成ㄹ。

流音化規則

前一個音節尾音發 ㄴ + 下一個音節開頭子音 ㄹ / 前一個音節尾音 ㄹ + 下一個音節開頭子音 ㄴ

➡ 前一個音節尾音 ㄹ + 下一個音節開頭子音 ㄹ

範例	照字母拼讀讀音 [seol nal]
설날 正月初一	音韻變化原理　前一個音節尾音ㄹ [-l] + 下一個音節開頭子音ㄴ，則下一個音節開頭子音由ㄴ [n] 變成ㄹ [r]
	正確讀音 [설랄] / [seol ral]

範例 연락해. 再連絡。

照字母拼讀讀音 [yeon rak hae]

音韻變化原理 前一個音節尾音ㄴ [-n]＋下一個音節開頭子音ㄹ，則前一個音節尾音由ㄴ [-n] 變成ㄹ [-l]

正確讀音 [열라캐]／[yeol ra kae]

韓語拼音Q&A

　　看到韓語短句「연락해 . [열라캐] [yeol ra kae]（再連絡 。）」的讀音，除了第一個音節的尾音「ㄴ」流音化為「ㄹ」，連最後一個音節「해」開頭的讀音都由「ㅎ」變成「ㅋ」，會不會覺得有點疑惑呢？其實，最後一個音節「해」開頭的讀音都由「ㅎ」變成「ㅋ」的變化，也是韓語音韻變化的一種，前面有介紹到。這個變化的名稱是「氣音化」。

描寫練習　MP3 TRACK **30**

看圖練單字 Click+Play))

1. **설날** [seol ral] **正月初一**

설	날		

2. **연락해.** [yeol ra kae]

再連絡。

「연락해.」是半語，一般使用時可以用：「연락해요.」。

연락해

연	락	해		

音韻變化(五)尾音縮略 / 脫落

 重點解說

尾音縮略 / 脫落是指前一個音節的尾音與下一個音節的子音ㄴ、ㅁ或零聲母ㅇ拼讀時，前一個音節的尾音ㅎ脫落不發音。例如：좋은(好的)的發音不是 [jo teun]。因為第一個音節좋 [jot] 的尾音ㅎ碰到下一個音節開頭母音으 [eu] 而脫落不發音了，所以좋은的讀音是 [jo eun]。

尾音縮略 / 脫落規則

前一個音節尾音ㅎ / ㄶ / ㅀ＋下一個音節開頭零聲母ㅇ

➡ 前一個音節尾音ㅎ不發音

範例 **좋아.** 好。	照字母拼讀讀音 [jot a]
	音韻變化原理 前一個音節尾音ㅎ＋下一個音節開頭零聲母ㅇ，則前一個音節尾音ㅎ不發音
	正確讀音 [조아] / [jo a]

範例	하지 않아. 不做。

照字母拼讀讀音 [ha ji an ha]

音韻變化原理　前一個音節尾音ㄶ＋下一個音節開頭零聲母ㅇ，則前一個音節尾音ㅎ不發音

正確讀音 [하지 아나]/[ha ji a na]

範例	싫어요. 不要／討厭。

照字母拼讀讀音 [sil heo yo]

音韻變化原理　前一個音節尾音ㅀ＋下一個音節開頭零聲母ㅇ，則前一個音節尾音ㅎ不發音

正確讀音 [시러요]/[si leo yo]

看圖練單字

Click + Play))

1. **좋아.**[jo a] 好。

「좋아.」是半語，一般使用時可以用：「좋아요.」。

좋 아 ☐ ☐

---

2. **하지 않아.**[ha ji a na] 不做。

動詞하다（做）＋語尾 - 지 않다（不做～）。「하지 않아」是半語，
一般使用時要用：「하지 않아요.」。

하 지 않 아

---

3. **싫어요.**[si leo yo] 不要／討厭。

싫 어 요 ☐ ☐ ☐

133

音韻變化（六）口蓋（上顎）音化

重點解說

　　口蓋（上顎）音化是指前一個音節尾音為ㄷ／ㅌ，而下一個音節為母音 이 時候，前一個音節的尾音變化成 지 ／ 치。例如：갇히다（被關）的發音不是 [ga ti da]。因為第一個音節 갇 的尾音是 ㄷ，碰到下一個音節 히，原本的子音口蓋音化，所以讀音變成 [가치다] ／[ga chi da]。

　　本回將介紹口蓋（上顎）音化的兩種情況：一、前一個音節尾音為ㄷ／ㅌ與下一個音節開頭母音 이 拼讀時，連讀到下一個音節，口蓋音化為：지 ／ 치。二、前一個音節尾音為ㄷ，與下一個音節的 히 拼讀時，原本的子音口蓋音化為：치。

口蓋（上顎）音化規則

1 前一個音節尾音ㄷ／ㅌ＋下一個音節開頭母音 이

➡ 前一個音節尾音ㄷ／ㅌ連讀到下一個音節，口蓋音化為：지 ／ 치

範例 **짐받이** 行李架

照字母拼讀讀音 [**jim ba di**]

音韻變化原理　第二個音節尾音ㄷ＋下一個音節開頭母音이，則前一個
　　　　　　　音節尾音ㄷ連讀到下一個音節，並口蓋音化為：지 [ji]

正確讀音　[짐바지]／[jim ba ji]

範例　**같이 가자!**　一起走吧！

照字母拼讀讀音　[ga ti ga ja]

音韻變化原理　前一個音節尾音ㅌ＋下一個音節開頭母音이，則前一
　　　　　　　個音節尾音ㅌ連讀到下一個音節，並口蓋音化為：치
　　　　　　　[chi]

正確讀音　[가치 가자]／[ga chi ga ja]

2　前一個音節尾音ㄷ＋下一個音節히
➡ 前一個音節尾音ㄷ 連讀到下一個音節，
　口蓋音化為：치

範例　**닫히다**　關上／閉

照字母拼讀讀音　[da ti da]

音韻變化原理　前一個音節尾音ㄷ＋下一個音節히，則前一個音節尾音
　　　　　　　ㄷ連讀到下一個音節，並口蓋音化為：치 [chi]

正確讀音　[다치다]／[da chi da]

範例 **걷혔어.** 消散了。

照字母拼讀讀音 **[geo tyeo sseo]**

音韻變化原理　前一個音節尾音ㄷ＋下一個音節혔，則前一個音節尾音
　　　　　　　ㄷ連讀到下一個音節，並口蓋音化為：쳐 [chyeo]

正確讀音 **[거쳐써]**／**[geo chyeo sseo]**

韓語拼音小提醒

　　練習了六個回合的音韻變化，會不會覺得有點複雜、頭昏眼花呢？其實音韻變化的學習，不能一味的死背口訣和規則。而是透過不斷地學習大量單字、片語和短句的過程，慢慢去應證這些音韻變化規則。例如：學到같이 (一起)，這個單字時，當聽到韓劇、韓綜中的歐巴和喜歡的韓星說：같이 [ga chi] 時，就重新再想到，字母ㅌ [t] 因為口蓋 (上顎) 音化規則，而讀音變成ㅊ [ch] 了。學習韓語發音再也不用硬記死背囉！

看圖練單字 Click + Play))

1. **짐받이** [jim ba ji] **行李架**

짐	받	이			

---

2. **같이 가자!**

[ga chi ga ja] **一起走吧！**

「같이 가자!」是半語，表達客氣時可以用：「같이 갑시다!」。

같이 가자!

같	이	가	자

3. 닫히다 [da chi da] 關上 / 閉

| 닫 | 히 | 다 | | | |

4. 걷혔어.

[geo chyeo sseo] 消散了。

「걷혔어.」是半語，一般使用時可以用：「걷혔어요.」。前面可以加
名詞：「폭우 (暴雨)」或「의심 (疑心)」等。

| 걷 | 혔 | 어 | | | |

聽力測驗 Click + Play

聽音檔、看音標寫出正確的單字／短句。

範例 ◀)) ［ 궁닙 ］ ➡ 單字／短句　**국립**

1. ◀)) ［ 가치 ］ ➡

2. ◀)) ［ 걱쩡해요 ］ ➡

3. ◀)) ［ 심가캐요 ］ ➡

4. ◀)) ［ 설랄 ］ ➡

5. ◀)) ［ 시러요 ］ ➡

6. ◀)) ［ 배콰점 ］ ➡

7. ◀)) ［ 다치다 ］ ➡

8. ◀)) ［ 정니해요 ］ ➡

9. ◀)) ［ 갑짜기 ］ ➡

10. ◀)) ［ 열라캐요 ］ ➡

ㅗㅌ ....
....
....
....
....
....
....

自我檢測小評量

你是否已熟記（若已熟記該部分，請在方格內打勾）：

- ☐ ① 沒尾音／有尾音音節字母組合拼寫和讀法
- ☐ ② 韓語基本連音規則
- ☐ ③ 單尾音音節的拼寫和讀法
- ☐ ④ 雙尾音音節的拼寫和讀法
- ☐ ⑤ 音韻變化－硬音化
- ☐ ⑥ 音韻變化－氣音化
- ☐ ⑦ 音韻變化－鼻音化
- ☐ ⑧ 音韻變化－流音化
- ☐ ⑨ 音韻變化－尾音縮略 / 脫落
- ☐ ⑩ 音韻變化－口蓋（上顎）音化
- ☐ ⑪ 字母拼音章節的實用短語或單字

共有：☐ 個勾

若不滿 *8* 個勾，建議重回拼音章節，把不熟悉的回合再練習一遍喔！

實用短句

잘 부탁드립니다

미안해. 안녕하세요

전화 잘못 거셨

좋아요.

初次見面 你／您好

> **重點解說**
>
> 「안녕 .」為半語，只能對親近的人或者年紀比自己小的朋友／家人使用。而「안녕하세요 .」則是一般場合最常用到的打招呼用語。

안녕.

[**an-nyeong.**] **你好**。（半語）

안녕하세요.

[**an-nyeong-ha-se-yo.**] **您好**。（敬語）

初次見面 我叫……

重點解說

　　저是韓語中「我」的謙虛用法。저는 ___ 이에요 . 是一般生活中常用的自我介紹用法,可以對家人、學長姐或年紀稍長的朋友。저는 ___ 입니다 . 則常使用於各種正式場合,或者職場。

저는 ____ 이에요.

[jeo-neun __ i-e-yo.]

我叫做 ___ 。(一般敬語)

| 저 | 는 | | | 이 | 에 | 요 |

저는 ____ 입니다.

[jeo-neun __ im-ni-da.]

我的名字是 ___ 。(正式敬語)

| 저 | 는 | | | 입 | 니 | 다 |

第33回　MP3 TRACK **36**

初次見面 請多多指教。

잘是韓語中的副詞，「好好地」的意思。「잘 부탁합니다.」是一般正式場合自我介紹常用的說法，如果想表現得再更謙遜有禮一點的話，可以用：「잘 부탁드립니다.」

잘 부탁합니다.

[jal bu-ta-kam-ni-da.]

請多多指教。（正式敬語）

| 잘 | 부 | 탁 | 합 | 니 | 다 |

잘 부탁드립니다.

[jal bu-tak-tteu-rim-ni-da.]

請多多指教。（正式敬語）

| 잘 | 부 | 탁 | 드 | 립 | 니 | 다 |

初次見面 很高興見到你／您。

重點解說

「반가워요 ./ 반갑습니다 .」這句話除了用在初次見面自我介紹時，也常用於表達與朋友見面時的開心感受。「반가워요 .」是一般日常生活自我介紹常用的說法，而正式場合的自我介紹則會用更有禮的用法：「반갑습니다 .」

반가워요.

[**ban-ga-weo-yo.**]

很高興見到你。（一般敬語）

반	가	워	요

반갑습니다.

[**ban-gap-sseum-ni-da.**]

很高興見到您。（正式敬語）

반	갑	습	니	다

初次見面 **您的名字叫什麼？**

重點解說

「이름」是韓語名詞「姓名」；「성함」是韓語名詞「姓名」的敬稱，可以翻成中文的「貴姓大名」。「이름이 뭐예요?」是一般日常生活中詢問他人姓名的常用說法，而在職場／正式場合以及客氣婉轉地表達時則會使用更有禮的用法：「성함이 어떻게 되세요?」

이름이 뭐예요?

[i-reu-mi mweo-ye-yo?]

你的名字叫什麼？（一般敬語）

이	름	이	뭐	예	요

성함이 어떻게 되세요?

[seong-ha-mi eo-tteo-ke doe-se-yo?]

您怎麼稱呼？（一般敬語）

성	함	이	어	떻	게
되	세	요			

日常問候 （對離開的人說）再見。

「안녕 ./ 안녕히 가세요 .」是韓語中道別時的招呼用語。「안녕 .」為半語，只能對親近的人或者年紀比自己小的朋友／家人使用。「안녕히 가세요 .」則是比較禮貌的用語，是對離去的人所說的「再會。」

안녕 .

[**an-nyeong.**] **再見**。（半語）

안	녕			

안녕히 가세요 .

[**an-nyeong-i ga-se-yo.**]

（對離開的人說）**再會／慢走**。（一般敬語）

안	녕	히	가	세	요

實用短句

初次見面

日常問候

日常禮貌

日常購物

日常用餐

日常通訊

日常溝通

日常問候 （對留下的人說） 再見 。

重點解說

「안녕 ./ 안녕히 계세요 .」是韓語中道別時的招呼用語 。「안녕 .」為半語，只能對親近的人或者年紀比自己小的朋友／家人使用 。「안녕히 계세요 .」則在一般正式場合很常用，是對留在原地的人所說的「再會。」

안녕 .

[**an-nyeong.**] **再見** 。（半語）

안	녕				

안녕히 계세요 .

[**an-nyeong-i gye-se-yo.**]

（對留下來的人說） **再會／請留步** 。
（正式敬語）

안	녕	히	계	세	요

日常問候 恭喜或祝賀。

重點解說

「축하해요 ./ 축하합니다 .」是韓語中表達祝福的用語，可以在前面加上「생일 (saeng-il)」(生日)、「결혼 (gyeo-ron)」(結婚) 等表示對特定喜慶之日的祝福喔!「축하해요 .」是一般日常生活中對朋友和家人的常用說法，而在職場／正式場合中則會使用更有禮的用法:「축하합니다 .」

축하해요.

[chu-ka-hae-yo.]

恭喜或祝賀。(一般敬語)

| 축 | 하 | 해 | 요 |

축하합니다.

[chu-ka-ham-ni-da]

恭喜或祝賀您。(正式敬語)

| 축 | 하 | 합 | 니 | 다 |

實用短句

初次見面

日常問候

日常禮貌

日常購物

日常用餐

日常通訊

日常溝通

日常問候 加油！

重點解說

「파이팅 !/ 힘내요 .」是韓語中表達支持與打氣的用語，當對方正在經歷人生重大考驗或各種比賽、考試及挑戰時，就可以用來為對方打氣。「파이팅 !」是半語，也是從英文「Fighting!」衍伸出來的外來語，可以在一般日常生活中對朋友和家人使用。而純韓語用法則是：「힘내요 .」

파이팅 !

[pa-i-ting!] **加油！**（半語）

파	이	팅			

힘내요 .

[him-nae-yo.] **請再加把勁。**（正式敬語）

힘	내	요			

日常問候 好久不見。

 重點解說

「오랜만이야 ./ 오랜만이에요 .」是韓語中表達「好久不見，有些想念」的用語。「오랜만이야 .」是半語，適合在一般日常生活中對朋友和家人使用。而想更有禮貌的話，就可以用：「오랜만이에요 .」

오랜만이야.

[o-raen-ma-ni-ya.] **好久不見。**（半語）

| 오 | 랜 | 만 | 이 | 야 |

오랜만이에요.

[o-raen-ma-ni-e-yo.]

好久不見了。（一般敬語）

| 오 | 랜 | 만 | 이 | 에 | 요 |

第41回　MP3 TRACK 44

日常問候 **過得好嗎？**

重點解說

「잘 지냈어 ?/ 지냈어요 ?」是韓語中對好久不見的親朋好友、同學或同事表達「問候」的用語。「잘 지냈어 ?」是半語，適合在一般日常生活中對朋友和家人使用。想更有禮貌的話，就可以用：「잘 지냈어요 ?」

잘 지냈어？

[jal ji-nae-sseo?] **過得好嗎？**（半語）

| 잘 | 지 | 냈 | 어 |

잘 지냈어요？

[jal ji-nae-sseo-yo?]

最近是否一切安好？（一般敬語）

| 잘 | 지 | 냈 | 어 | 요 |

日常問候 最近過得好。

> 「잘 지내 ./ 지내요 .」是韓語中回答「잘 지냈어 ?/ 지냈어요 ?」（最近過得好嗎?）「問候」用語的肯定回答。「잘 지내 .」是半語，適合在一般日常生活中回答朋友和家人。想更有禮貌回答的話，就可以用：「잘 지내요 .」

잘 지내.

[jal ji-nae.] **最近過得好**。（半語）

잘 지내 ☐ ☐ ☐

잘 지내요.

[jal ji-nae-yo.] **最近過得好**。（一般敬語）

잘 지내요 ☐ ☐ ☐ ☐

實用短句

初次見面　日常問候　**日常禮貌**　日常購物　日常用餐　日常通訊　日常溝通

日常禮貌　辛苦了。

> **重點解說**
>
> 「수고하셨어요 ./ 수고하셨습니다 .」是韓語裡上級對下屬或是年紀稍長對年紀較輕者表達「因為進行某件事／任務，辛苦了!」的慰勞用語。 雖然口吻是敬語， 但隱含說話者在上位， 而聽話者階級較低的意涵， 所以使用上需注意!「수고하셨어요 .」是一般敬語， 適合在一般日常生活中使用。 想更有禮貌的話， 就可以用:「수고하셨습니다 .」

수고하셨어요.

[su-go-ha-syeo-sseo-yo.] 辛苦了。（一般敬語）

수 고 하 셨 어 요

수고하셨습니다.

[su-go-ha-syeo-seum-ni-da.]

辛苦您了。（正式敬語）

수 고 하 셨 습 니 다

日常禮貌 謝謝你／您。

「감사해요./ 감사합니다.」是韓語中表達感謝較正式的用法，通常用於公開或公眾場合。「감사해요.」是一般敬語，如果想要表現得有禮但不要給人距離、有點親切感時可以使用。想表現得更謙遜有禮的話，則可以用：「감사합니다.」

감사해요.

[gam-sa-hae-yo.] **謝謝您**。(一般敬語)

감	사	해	요

감사합니다.

[gam-sa-ham-ni-da.] **感謝您**。(正式敬語)

감	사	합	니	다

日常禮貌 謝謝。

重點解說

「고마워 ./ 고마워요 .」是韓語中表達感謝較生活化的用法。「고마워 .」是半語，適合在一般日常生活中對朋友和家人使用。想更有禮貌的話，就可以用：「고마워요 .」但是不得對長輩使用，對長輩要用：「감사합니다 .」或「고맙습니다 .」。

고마워.
[go-ma-weo.] **謝謝**。(半語)

| 고 | 마 | 워 | | | |

고마워요.
[go-ma-weo-yo.] **謝謝你**。(一般敬語)

| 고 | 마 | 워 | 요 |

日常禮貌 別客氣。

重點解說

「별말씀을요 ./ 천만에요 .」是韓語中對表達感謝者的客套用法。 兩句都是一般敬語，適合在一般日常生活中對朋友和家人使用。 因為語意和語氣都十分客氣，正式場合也可以使用喔!

별말씀을요.

[byeol-mal-sseu-meu-ryo.]

不客氣、別見外。（一般敬語）

별	말	씀	을	요

천만에요.

[cheon-ma-ne-yo.] **哪裡，哪裡。**（一般敬語）

천	만	에	요

第47回　MP3 TRACK **50**

日常禮貌　是／不是。

重點解說

　　「네 ./ 아니요 .」分別是韓語中回答肯定與否定的用法。 兩句都是一般敬語，適合在一般日常生活中對朋友和家人使用。「네 .」（是的。）在正式場合也可以使用，但「아니요 .」的語氣很生活化的，而「아닙니다 .」的語氣顯得更鄭重有禮貌。

네 .

[ne.] **是的**。（一般敬語）

네					

아니요 .

[a-ni-yo.] **不是的**。（一般敬語）

아	니	요			

日常禮貌 **抱歉。**

重點
解說

「죄송해요 . / 죄송합니다 .」是韓語中表達歉意較正式的用法，通常用於公開或公眾場合。「죄송해요 .」是一般敬語，如果想要表現得有禮但不要給人距離、有點親切感時可以使用。想表現得更謙遜有禮的話，則可以用：「죄송합니다 .」但這些句子通常不對晚輩使用。

죄송해요.

[joe-song-hae-yo.] **對不起。**（一般敬語）

죄	송	해	요

죄송합니다.

[joe-song-ham-ni-da.] **抱歉。**（正式敬語）

죄	송	합	니	다

日常禮貌 對不起。

重點解說

「미안해 ./ 미안해요 .」是韓語中比「죄송해요 . / 죄송합니다 .」表達歉意更生活化的用法。「미안해 .」是半語，適合在一般日常生活中對朋友和家人使用。想更有禮貌的話，就可以用：「미안해요 .」但是對長輩就要使用：「죄송합니다 .」。

미안해.

[mi-an-hae.] **對不起**。（半語）

| 미 | 안 | 해 | | | |

미안해요.

[mi-an-hae-yo.] **對不起**。（一般敬語）

| 미 | 안 | 해 | 요 |

日常禮貌 沒關係。

重點解說

「괜찮아./괜찮아요.」是韓語中回應歉意的用法。「괜찮아.」是半語,適合在一般日常生活中對朋友和家人使用。想更有禮貌的話,就可以用:「괜찮아요.」

괜찮아.

[**gwaen-cha-na.**] 沒關係。(半語)

괜	찮	아			

괜찮아요.

[**gwaen-cha-na-yo.**] 沒關係的。(一般敬語)

괜	찮	아	요

第51回　MP3 TRACK **54**

日常禮貌　請問⋯⋯⋯。

> **重點解說**
>
> 「저기요 ./ 실례합니다 .」是韓語中叫喚對話者，並詢問或請求對話者協助的用法。「저기요 .」是一般敬語，適合在一般日常生活中使用。想在正式場合或對年長者表現得更有禮貌的話，就可以用：「실례합니다 .」

저기요 .

[jeo-gi-yo.] **請問、打擾一下。**（一般敬語）

저	기	요			

실례합니다 .

[sil-re-ham-ni-da.] **打擾了。**（正式敬語）

실	례	합	니	다

日常購物 請問多少錢？

「얼마야?/ 얼마예요?」是購物時詢問價格的實用韓語短句。「얼마야?」是半語，適合在一般日常生活中，對朋友、家人和熟悉的商家使用。想表現得更有禮貌的話，就可以用：「얼마예요?」

얼마야?

[eol-ma-ya?] **多少錢？**（半語）

| 얼 | 마 | 야 | | | |

얼마예요?

[eol-ma-ye-yo?] **請問多少錢？**（一般敬語）

| 얼 | 마 | 예 | 요 |

日常購物 太便宜／貴了。

重點解說

「너무 (非常) 싸 / 비싸요 .」是購物時表達對價格的看法的短句，兩句都是一般敬語，適合在一般日常生活中使用。「너무 싸요 .」是「太便宜了 。」的意思，而覺得價格太貴，想殺價的話，就可以用：「너무 비싸요 .」(太貴了。)。

너무 싸요 .

[neo-mu ssa-yo.] **太便宜了。**(一般敬語)

너	무	싸	요

너무 비싸요 .

[neo-mu bi-ssa-yo.] **太貴了。**(一般敬語)

너	무	비	싸	요

日常購物 **請算便宜一點。**

重點解說

當購物時表達價格太貴，而說出：「너무　비싸요.」（太貴了。）之後，就可以對商家說出：「깎아 주세요.」這句不失禮貌的殺價用語囉！

깎아 주세요.

[kka-kka ju-se-yo.]

（價格）**請算便宜一點。**（一般敬語）

깎	아	주	세	요

日常購物 請給我 ____ 。

重點解說

> 「___ 줘요 . / 주세요 .」（底線部分為希望給予的協助或物品）是韓語中請求給予物品或協助的用法。「___ 줘요 .」是一般敬語，適合在一般日常生活中，對熟識的親友使用。想表現得更有禮貌的話，就可以用：「___ 주세요 .」

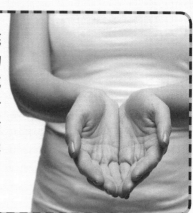

_____ 줘요 .

[__ jweo-yo.] **請給我 ____** 。（一般敬語）

_____ 주세요 .

[__ ju-se-yo.] **麻煩請給我 ____** 。（一般敬語）

日常用餐 用餐愉快。

重點解說

「맛있게 먹어요 ./ 드세요 .」是韓語中招待客人用餐的禮貌用語。「맛있게 먹어요 .」是一般敬語，適合在一般日常生活中，對熟識的親友使用。而「맛있게 드세요 .」則是更有禮貌的用法。

맛있게 먹어요 .

[ma-sit-kke meo-geo-yo.]

吃得愉快。（一般敬語）

맛 있 게 먹 어 요

맛있게 드세요 .

[ma-sit-kke deu-se-yo.]

用餐愉快。（一般敬語）

맛 있 게 드 세 요

167

實用短句

初次見面 日常問候 日常禮貌 日常購物 **日常用餐** 日常通訊 日常溝通

日常用餐 謝謝招待。

重點解說

「잘 먹겠습니다 .」是韓語中回應他人招待用餐的禮貌用語，用於表達感謝招待，自己會好好享用的意思。「잘 먹겠습니다 .」是正式敬語，適合在一般日常生活及正式場合中使用。

잘 먹겠습니다.

[jal meok-kke-sseum-ni-da.]

謝謝招待，開動囉。（正式敬語）

잘	먹	겠	습	니	다

日常用餐 用餐完畢。

重點解說

「잘 먹었어요 ./ 먹었습니다 .」是韓語中感謝他人招待用餐，並表明自己已經用餐完畢、肚子飽了的禮貌用語。「잘 먹었어요 .」是一般敬語，適合在一般日常生活中，對熟識的親友使用。而「잘 먹었습니다 .」則是在正式場合更有禮貌的用法。

잘 먹었어요.

[jal meo-geo-sseo-yo.]

謝謝招待，吃飽了。（一般敬語）

| 잘 | 먹 | 었 | 어 | 요 |

잘 먹었습니다.

[jal meo-geo-sseum-ni-da.]

謝謝招待，用餐完畢。（正式敬語）

| 잘 | 먹 | 었 | 습 | 니 | 다 |

實用短句

日常用餐 好吃。

重點解說

「맛있어 ./ 맛있어요 .」是韓語中表示餐點十分可口美味的稱讚用語。「맛있어 .」是半語，適合在一般日常生活中對朋友和家人使用。 想更有禮貌的話，就可以用：「맛있어요 .」

맛있어 .

[ma-si-sseo.] **好吃。**（半語）

맛있어요 .

[ma-si-sseo-yo.] **很美味。**（一般敬語）

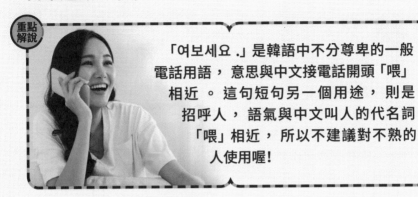

日常通訊 喂。

重點解說

「여보세요.」是韓語中不分尊卑的一般電話用語，意思與中文接電話開頭「喂」相近。這句短句另一個用途，則是招呼人，語氣與中文叫人的代名詞「喂」相近，所以不建議對不熟的人使用喔！

여보세요.

[**yeo-bo-se-yo.**]

喂。（電話用語） / 喂。（招呼人的用語）

여	보	세	요

第61回　MP3 TRACK **64**

日常通訊 請問是哪位？

「누구세요 ?」是韓語中的一般電話用語，主要是詢問電話另一頭來電者的身份。 這句短句也可以用於比較正式的場合，或有禮貌詢問不認識的來客身份時使用。

누구세요 ?

[**nu-gu-se-yo?**]

請問是哪位？（電話用語／一般敬語）

日常通訊 你在哪裡？

「어디에 있어 ?/ 있어요 ?」是韓語中詢問對話方人在哪裡的用語。很常會在一方抵達約定好碰面地點通話時，或者與親友通話時使用。「어디에 있어 ?」是半語，適合在一般日常生活中對朋友和家人使用。想更有禮貌的話，則可以用：「어디에 있어요 ?」回答時則可以直接將所在地名稱替換「어디」(疑問詞：哪裡)「(地名) 에 있어요 .」

어디에 있어?

[eo-di-e-i-sseo?] **在哪？**(半語)

어 디 에 있 어

어디에 있어요?

[eo-di-e-i-sseo-yo?] **在哪裡呢？**(一般敬語)

어 디 에 있 어 요

第63回　MP3 TRACK **66**

日常通訊　您打錯電話了。

重點解說

「전화 잘못 거셨어요.」是韓語中的一般電話用語，主要是對於打錯電話的來電者的禮貌說明。這句短句比較少用在其他的場合。

전화 잘못 거셨어요.

[jeon-hwa jal-mot kkeo-syeo-sseo-yo.]

您打錯電話了。（一般敬語）

日常通訊 **請稍候。**

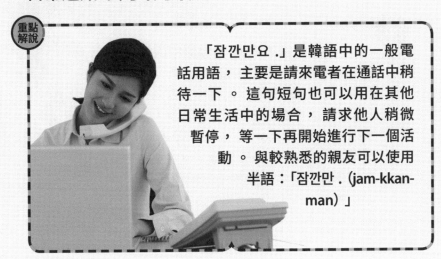

重點
解說

「잠깐만요.」是韓語中的一般電話用語，主要是請來電者在通話中稍待一下。 這句短句也可以用在其他日常生活中的場合，請求他人稍微暫停，等一下再開始進行下一個活動。 與較熟悉的親友可以使用半語：「잠깐만. (jam-kkan-man)」

잠깐만요.

[jam-kkan-ma-nyo.]

請稍候。（電話用語）/
請稍等一下。（一般敬語）

잠	깐	만	요

實用短句

初次見面 日常問候 日常禮貌 日常購物 日常用餐 日常通訊 **日常溝通**

日常溝通 這是什麼？

> **重點解說**
>
> 「뭐야?/ 뭐예요?」是韓語中詢問事物很常用的疑問短句。當對於眼前事物不甚理解時可以使用，或者自言自語抱怨：「這算什麼啊!?」的時候可以說「이게 뭐야?（i-ge mweo-ya）」。「뭐야?」是半語，適合在一般日常生活中對熟識的朋友和家人使用。想更有禮貌的話，就可以用：「뭐예요?」

뭐야?

[mweo-ya?] **是什麼啊？**（半語）

뭐	야			

뭐예요?

[mweo-ye-yo?] **這是什麼？**（一般敬語）

뭐	예	요		

日常溝通 這是 ＿＿＿ 。

重點解說

「＿＿（이）야 . / 이에（예）요 .」
（底線部分為事物名詞）是韓語中用
於指「是什麼」的常用短句。 當名
詞最後一個音節有尾音時，用「＿＿
이야 . / 이에요 .」；沒尾音的時候，
則用「＿＿ 야 . / 예요 .」。「＿＿（이）
야 .」是半語，適合在一般日常生活
中對朋友和家人使用。 想更有禮貌
的話，就可以用：「＿＿＿ 이에（예）
요 .」

＿＿＿＿＿（이）야 .

[＿ (i) ya.] 是 ＿＿＿ 。（半語）

이	야			

＿＿＿＿＿ 이에（예）요 .

[＿ i-e(ye)-yo.] 這是 ＿＿＿ 。（一般敬語）

이	에	요	예	요

日常溝通 知道了。

重點解說

「알았어 ./ 알겠어요 .」是韓語中表達自己知道某些資訊的常用短句。「알았어 .」是半語，適合在一般日常生活中對朋友和家人使用。 但須注意語氣，只要有一點不耐煩或是怒氣，會顯得很無禮。 想更有禮貌的話，就可以用：「알겠어요 .」

알았어.

[a-ra-sseo.] **知道了**。(半語)

알	았	어			

알겠어요.

[al-kke-sseo-yo.] **我知道了**。(一般敬語)

알	겠	어	요

日常溝通 **不知道。**

重點解說

「잘 몰라 ./ 모르겠어요 .」是韓語中表達自己不知道某些資訊的常用短句。「잘 몰라 .」是半語，適合在一般日常生活中對朋友和家人使用。想更有禮貌的話，就可以用：「잘 모르겠어요 .」

잘 몰라.

[jal mol-ra.] **不知道。**（半語）

잘	몰	라			

잘 모르겠어요.

[jal mo-reu-ge-sseo-yo.]

我不是很清楚。（一般敬語）

잘	모	르	겠	어	요

日常溝通 是的。

「그래요 ./ 그렇습니다 .」是韓語中表達同意的常用短句。「그래요 .」是一般敬語，適合在一般日常生活中對朋友和家人使用， 如果想對親近的人表示更親暱， 就可以用半語「그래 .」， 而在正式場合想表現得更謙遜有禮的話， 則可以用：「그렇습니다 .」

그래요 .

[**geu-rae-yo.**] 是 。（一般敬語）

그 래 요

그렇습니다 .

[**geu-reo-sseum-ni-da.**] 是的。（正式敬語）

그 렇 습 니 다

日常溝通 好的。

重點解說

「좋아요 ./ 좋습니다 .」是韓語中表達肯定的常用短句。「좋아요 .」是一般敬語，適合在一般日常生活中對朋友和家人使用，如果想對親近的人表示更親暱，就可以用半語「좋아 .」在正式場合想表現得更謙遜有禮的話，則可以用：「좋습니다 .」

좋아요.

[jo-a-yo.] **好**。（一般敬語）

좋	아	요			

좋습니다.

[jo-sseum-ni-da.] **好的**。（正式敬語）

좋	습	니	다

日常溝通 正是如此。

>
> 「맞아요 . / 맞습니다 .」是韓語中表達肯定的常用短句。「맞아요 .」是一般敬語，適合在一般日常生活中對朋友和家人使用，如果想對親近的人表示更親暱，就可以用半語「맞아 . / 맞다 . (mat-tta)」，而在正式場合想表現得更謙遜有禮的話，則可以用：「맞습니다 .」

맞아요 .
[ma-ja-yo.] **對** 。（一般敬語）

| 맞 | 아 | 요 | | | |

맞습니다 .
[mat-sseum-ni-da.] **正是如此** 。（正式敬語）

| 맞 | 습 | 니 | 다 |

日常溝通 真的嗎？

> **重點解說**
>
> 「정말이에요？/ 정말입니까？」是韓語中再次確認所獲得資訊的常用疑問句。「정말이에요？」是一般敬語，適合在一般日常生活中對朋友和家人使用，如果想對親近的人表示更親暱，就可以用半語「정말？」而在正式場合想表現得更謙遜有禮的話，則可以用：「정말입니까？」

정말이에요?

[jeong-ma-ri-e-yo?] **真的嗎？**（一般敬語）

정	말	이	에	요

정말입니까?

[jeong-ma-rim-ni-kka?] **真的嗎？**（正式敬語）

정	말	입	니	까

實用短句

初次見面　日常問候　日常禮貌　日常購物　日常用餐　日常通訊　**日常溝通**

日常溝通　我沒聽見。

重點解說

「못 들었어요 . / 들었습니다 .」是韓語中表達自己沒聽見對方說話的常用句。「못 들었어요 .」是一般敬語，適合在一般日常生活中對朋友和家人使用，如果想對親近的人表示更親暱，就可以用半語「못 들었어 .」，而在正式場合想表現得更謙遜有禮的話，則可以用：「못 들었습니다 .」

못 들었어요.

[**mot tteu-reo-sseo-yo.**] **聽不見**。（一般敬語）

못 들었습니다.

[**mot tteu-reo-sseum-ni-da.**]

我沒聽見。（正式敬語）

日常溝通　我聽不清楚。

重點解說

「잘 안 들려요 . / 안 들립니다 .」是韓語中
表達聽不清楚對方說話的常用句。「잘 안 들
려요 .」是一般敬語，適合在一般日常生
活中對朋友和家人使用，如果想對親近
的人表示更親暱，就可以用半語「잘
안 들려 .」。在正式場合想表現得更謙
遜有禮的話，則可以用：「잘 안 들립
니다 .」

잘 안 들려요.

[jal an tteul-ryeo-yo.] **聽不清楚。**（一般敬語）

| 잘 | 안 | 들 | 려 | 요 |

잘 안 들립니다.

[jal an tteul-rim-ni-da.]

我聽不清楚。（正式敬語）

| 잘 | 안 | 들 | 립 | 니 | 다 |

初次見面　日常問候　日常禮貌　日常購物　日常用餐　日常通訊　**日常溝通**

日常溝通 請再說一遍。

> **重點解說**
>
> 「다시 (再) 한 번 (一次) 말해 줘요 ./ 주세요 .」是韓語中請對方再說一遍先前說過的話的請求。「다시 한 번 말해 줘요 .」是一般敬語，適合在一般日常生活中對朋友和家人使用，如果想對親近的人表示更親暱，就可以用半語「다시 한 번 말해 줘 .」。而在正式場合想表現得更謙遜有禮的話，則可以用：「다시 한 번 말해 주세요 .」

다시 한 번 말해 줘요.

[da-si han-beon ma-rae jweo-yo.]

請再說一遍。（一般敬語）

다시 한 번 말해 주세요.

[da-si han-beon ma-rae ju-se-yo.]

麻煩您再說一遍。（一般敬語）

다	시	한	번	말	해
주	세	요			

日常溝通 請等等我。

「기다려 줘요 ./ 기다려 주세요 .」是韓語中請對方等待自己結束目前行動後，再一起進行下個行動的常用句。「기다려 줘요 .」是一般敬語，適合在一般日常生活中對朋友和家人使用，如果想對親近的人表示更親暱，就可以用半語「기다려 줘 .」。在正式場合想表現得更謙遜有禮的話，則可以用：「기다려 주세요 .」

기다려 줘요 .

[**gi-da-ryeo jweo-yo.**]

請等等。（一般敬語）

기 다 려 줘 요

기다려 주세요 .

[**gi-da-ryeo ju-se-yo.**]

請等等我。（一般敬語）

기 다 려 주 세 요

日常溝通 請幫我。

重點解說

「도와 줘요 ./ 주세요 .」是韓語中請求對方協助的常用祈使句型 。「도와 줘요 .」是一般敬語，適合在一般日常生活中對朋友和家人使用，如果想對親近的人表示更親暱，就可以用半語「도와 줘 .」。 想表現得更謙遜有禮的話，則可以用：「도와 주세요 .」

도와 줘요 .

[do-wa jweo-yo.] **請幫我**。（一般敬語）

도	와	줘	요

도와 주세요 .

[do-wa ju-se-yo.] **請幫幫我**。（一般敬語）

日常溝通 我不太會 ___。

重點解說

「___ 잘 못해요 ./ 못합니다 .」是韓語中表達自己不大會某事或說某種語言的句型，例如：「한국어 (han-gu-geo) 잘 못해요 ./ 못합니다 .」(不大會說韓語) 。「___ 잘 못해요 .」是一般敬語，適合在日常生活中對朋友和家人使用，如果想對親近的人更親暱，就可以用半語「___ 잘 못해 .」。正式場合則可以用：「잘 못합니다 .」

_____ 잘 못해요.

[__ jal mo-tae-yo.]

我不太會 ___。（一般敬語）

잘 못 해 요

_____ 잘 못합니다.

[__ jal mo-tam-ni-da.]

我不怎麼會 ___。（正式敬語）

잘 못 합 니 다

第**79**回　MP3 TRACK **82**

日常溝通 請問 ＿＿＿ 在哪裡？

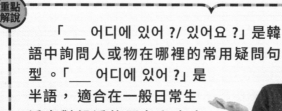

重點解說

「＿＿ 어디에 있어 ?/ 있어요 ?」是韓語中詢問人或物在哪裡的常用疑問句型。「＿＿ 어디에 있어 ?」是半語，適合在一般日常生活中對親近的朋友和家人使用。在正式場合想表現得更謙遜有禮的話，則可以用：「＿＿ 어디에 있어요 ?」

＿＿＿＿ **어디에 있어 ?**

[__ eo-di-e i-sseo?] ＿＿＿ **在哪裡？**（半語）

| 어 | 디 | 에 | 있 | 어 |

＿＿＿＿ **어디에 있어요 ?**

[__ eo-di-e i-sseo-yo?]

請問 ＿＿＿ 在哪裡呢？（一般敬語）

| 어 | 디 | 에 | 있 | 어 | 요 |

日常溝通 請問 ＿＿ 要怎麼去？

重點解說

「＿＿ 어떻게 가요 ?」（底線為地名）是韓語中的常見的問路用語，也是請求交通資訊的超實用短句。問了這句話後。熱心的韓國人也有可能親自帶你到目的地，或者抵達前往目的地必經的重要路口喔！

＿＿＿ 어떻게 가요?

[__ eo-tteo-ke ga-yo?]

要怎麼去 ＿＿ ?（一般敬語）

어	떻	게	가	요

實用短句測驗 Click + Play))

請依照題目中短句的前後文，選出正確答案。

☐ *1.* ＿＿＿ **워요 .**（很高興見到你。）

　　① 고마　　　② 반가　　　③ 그리

☐ *2.* ＿＿＿ **워요 .**（謝謝你。）

　　① 반가　　　② 그리　　　③ 고마

☐ *3.* ＿＿＿ **!**（加油！）

　　① 파이팅　　② 미팅　　　③ 채팅

☐ *4.* **생일** ＿＿＿ **요 .**（生日快樂！）

　　① 축하　　　② 축축해　　③ 축하해

☐ *5.* ＿＿＿ **주세요 .**（請算便宜一點。）

　　① 가격　　　② 깎아　　　③ 기다려

☐ *6.* ＿＿＿ **요 .**（很美味。）

　　① 맛없어　　② 맛있어　　③ 맛있게

☐ *7.* ＿＿＿ **세요 ?**（請問是哪位？）

　　① 누구　　　② 누워　　　③ 눌러

☐ *8.* ＿＿＿ **있어요 ?**（在哪裡呢？）

　　① 저기에　　② 여기에　　③ 어디에

노트

....

....

....

....

....

....

....

....

自我檢測小評量

你是否已熟記（若已熟記該部分，請在方格內打勾）：

☐ ① **初次見面：5 句**
☐ ② **日常問候：7 句**
☐ ③ **日常禮貌：9 句**
☐ ④ **日常購物：4 句**
☐ ⑤ **日常用餐：4 句**
☐ ⑥ **日常通訊：5 句**
☐ ⑦ **日常溝通：16 句**

共有：☐**個勾**

若不滿 *4* 個勾，建議重回實用短句章節，把不熟悉的回合再練習一遍喔！

縮略語 줄임말

　　平常我們在說話的時候，為了方便常會把三個字以上的詞句縮短，變成大約一到兩個字的「縮略語」，這在說話喜歡有點變化的年輕人當中十分常見！例如年輕人會把「男朋友」簡稱「男友」；「就這樣」縮略為「就醬」；「台北火車站」簡稱「北車」……。

　　其實，不只在中文裡有這種現象，韓語也常出現所謂的「縮略語（줄임말）」，也就是說韓國的年輕人也特別愛「長話短說」喔！韓語中的縮略語，主要都是取單字開頭的音節或是字母組合而成的呢！不過，由於縮略語算是比較不正式的用法，所以建議在與平輩親友私底下的簡訊或談話中使用！以下就讓我們看看韓國常見的「縮略語」吧！

男朋友 ↓ 男友	남자친구 縮略語 **남친** [nam chin]
女朋友 ↓ 女友	여자친구 縮略語 **여친** [yeo chin]
手機借用一下 ↓ 借手機	핸드폰 써 縮略語 **폰써** [pon sseo]

okay → ok	오케이 縮略語 **ㅇㅋ**
心跳撲通撲通 → 心跳撲通撲通	심장이 쿵쾅쿵쾅 縮略語 **심쿵** [sim kung]
生日禮物 → 生日禮	생일 선물 縮略語 **생선** [saeng seon]
心理創傷 → 心傷	마음의 상처 縮略語 **마상** [ma sang]
自己一個人吃飯 → 獨食	혼자 밥먹기 縮略語 **혼밥** [hon bap]
就這樣 → 就醬	그냥 縮略語 **걍** [gyang]

單字＆短語範例

單母音
P. 32-33

1. 아이 孩子
2. 어머！啊！
3. 애매해. 曖昧的。
4. 오빠 哥
5. 우유 牛奶
6. 으 ... 呃…

複合母音（一）
P. 38-39

1. 야해 性感
2. 여자 女子
3. 요리 料理
4. 여유 悠閒

複合母音（二）
P. 42

1. 예의 禮儀
2. 얘기 聊天

複合母音（三）
P. 46

1. 외교 外交

2. 왜？為什麼？
3. 웨딩 婚禮

複合母音（四）
P. 51-52

1. 와요！來！
2. 워드 單字
3. 위에 上方
4. 의자 椅子

子音－牙音系列
P. 55

1. 가！走！
2. 키스 吻
3. 꼬마 小朋友

子音－舌音系列
P. 60-61

1. 누나 姐
2. 우리 我們
3. 다 所有
4. 퇴근 下班
5. 떠나요. 離開。

子音－唇音系列

P. 66-67

1. 머리 頭髮 / 頭
2. 바빠 . 忙。
3. 아파 . 痛。
4. 이뻐요 . 漂亮。

子音－齒音系列

P. 72-73

1. 스스로 自己
2. 싸요 . 便宜的。
3. 자요 . 睡覺。
4. 초코 巧克力
5. 가짜 假的

子音－喉音系列

P. 76

1. 후회 後悔
2. 화해 和解

近似音比一比

P. 77-78

1. 골 山谷
2. 콜 好 / 沒問題
3. 꼴 樣子
4. 달 月亮

5. 탈 面具
6. 딸 女兒
7. 불 火
8. 풀 草
9. 뿔 角
10. 자다 睡
11. 차다 踢
12. 짜다 鹹的
13. 사다 買
14. 싸다 便宜的

基本拼音規則

子音 + 母音　　　　　　　P. 83

1. 서로 互相
2. 소리 聲音
3. 뭐 ? 什麼？

加入尾音時

子音 + 母音 + 子音　　　　P. 85

1. 개뿔 胡說八道
2. 봤어 . 看到了。
3. 삶 生命

197

連音變化

P. 86-89

1. 삼일 三日
2. 약을 먹었어. 吃過藥了。
3. 앉아요. 坐下。
4. 선을 밟았어. 踩到線了。
5. 젊은이 年輕人
6. 읽어요. 讀。

尾 / 收音

發ㅇ [-ng] 的鼻音尾音　*P. 92*

1. 운동 運動
2. 성공 成功
3. 멍청이 傻蛋

發ㄷ [-t] 的鼻音尾音　*P. 94-95*

1. 받다 收
2. 맡기다 委託
3. 다섯 數字5
4. 있다 有
5. 맞다 正確
6. 꽃 花
7. 그렇다 是的

發ㄱ [-k] 的鼻音尾音　*P. 98*

1. 약 藥
2. 밖 外面
3. 부엌 廚房
4. 삯 工資
5. 닭 雞

發ㄴ [-n] 的鼻音尾音　*P. 101*

1. 인사 打招呼
2. 앉으세요. 請坐。
3. 많아요. 很多。

發ㄹ [-l/r] 的鼻音尾音　*P. 103-104*

1. 발 腳
2. 발이 넓어. 交遊廣闊。
3. 곬 路線
4. 핥아먹자! 來舔著吃吧!
5. 싫다 討厭

發ㅁ [-m] 的鼻音尾音　*P. 107*

1. 잠 잘 거야! 睡囉!
2. 쌤 【流行語】老師的暱稱
3. 젊다 年輕的
4. 닮았네! 的確很像啊!

發ㅂ[-p] 的鼻音尾音　*P. 110*

1. **수업** 課
2. **무릎** 膝蓋
3. **없어** . 沒有。
4. **읊어 봐** 朗誦看看。

音韻變化（一）

硬音化　*P. 113-114*

1. **역시** 果然
2. **걱정해요** . 擔心。
3. **닭갈비** 雞排
4. **갑자기** 突然

音韻變化（二）

氣音化　*P. 117-119*

1. **그렇게** 那樣子
2. **그렇죠** . 是吧。
3. **백화점** 百貨公司
4. **심각해** . 嚴重。
5. **습해요** . 潮濕。

音韻變化（三）

鼻音化　*P. 122-125*

1. **막내** 老么

2. **못 만나요** . 見不到。
3. **합니다** 做~
4. **정리** 整理
5. **음력** 農曆／陰曆
6. **독립** 獨立
7. **십리** 十里

音韻變化（四）

流音化　*P. 128-129*

1. **설날** 正月初一
2. **연락해** . 聯絡我。

音韻變化（五）

尾音縮略 / 脫落　*P. 131-132*

1. **좋아** . 好。
2. **하지 않아** . 不做。
3. **싫어요** . 不要／討厭。

音韻變化（六）

口蓋（上顎）音化　*P. 134-136*

1. **짐받이** 行李架
2. **같이 가자** ! 一起走吧！
3. **닫히다** 關上 / 閉
4. **걷혔어** . 消散了。

199

聽力練習解答

四十音聽力測驗

P. 79

1. 🔊 **싸다** ➡ **ㅆ**
2. 🔊 **짜다** ➡ **ㅉ**
3. 🔊 **차다** ➡ **ㅊ**
4. 🔊 **달** ➡ **ㄷ**
5. 🔊 **탈** ➡ **ㅌ**
6. 🔊 **풀** ➡ **ㅍ**
7. 🔊 **뿔** ➡ **ㅃ**
8. 🔊 **불** ➡ **ㅂ**
9. 🔊 **꼴** ➡ **ㄲ**
10. 🔊 **콜** ➡ **ㅋ**

字母拼音聽力測驗

P. 139

1. **같이**
2. **걱정해요**
3. **심각해요**
4. **설날**
5. **싫어요**

6. **백화점**
7. **닫히다**
8. **정리해요**
9. **갑자기**
10. **연락해요**

實用短句測驗

P. 192

1. ②	2. ③	3. ①
4. ③	5. ②	6. ②
7. ①	8. ③	

노트

ノト

노트

《韓粉不用背！韓語入門 80 堂課 字母＋發音＋實用短句》讀者回函卡

謝謝您購買本書，請您填寫回函卡，提供您的寶貴建議。如果您
願意收到 LiveABC 最新的出版資訊，請留下您的 e-mail，我們
將寄送 e-DM 給您。

歡迎加入 LiveABC 互動英語粉絲團，天天互動學英
語。請上 FB 搜尋「LiveABC 互動英語」，或是掃瞄
QR code。

姓名		性別 □男 □女
出生日期	年　月　日	聯絡電話
E-mail	□ 我願意收到 LiveABC 出版資訊的 e-DM	
學歷	□國中以下　□國中　□高中 □大專及大學　□研究所	
職業	□學生　□資訊業　□工　□商 □服務業　□軍警公教　□自由業及專業 □其他＿＿＿＿＿＿	

您以何種方式購得此書？

□書店　　□網路　　□其他＿＿＿＿＿

您覺得本書的價格？

	書名	封面	內容	編排	紙張
偏低	□	□	□		
合理	□	□	□		
偏高	□	□	□		

您對本書的評價

	書名	封面	內容	編排	紙張
很滿意	□	□	□	□	□
還不錯	□	□	□	□	□
普通	□	□	□	□	□
不滿意	□	□	□	□	□
很後悔	□	□	□	□	□

您希望我們製作哪些學習主題？

您對我們的建議：

縣 市

市 區 鄉 鎮

村 里 路 街

段

鄰 巷

手

號

樓

室

希伯崙股份有限公司客戶服務部 收

1 0 5

台北市松山區八德路三段32號12樓

英語數位學習第一品牌